JN065053

夕陽ヶ丘

――昭和の残光――

徳岡孝夫・土井荘平　共著

鳥影社

はじめに

土井荘平

本書所載の徳岡孝夫のエッセイ「御先祖様になる話」のなかに、彼が私に、芥川賞のパーティに行こうと電話で誘った際、私が「何やて」と大阪弁でびっくりしたような声を出した、とある。その彼が、電話で、二人で一冊、本を出そうか、と言ってきたとき、おそらく私は、芥川賞パーティのときの何倍もの大きさで、「何やて」と素っ頓狂な声を出したにちがいない。

かくして、彼と、私、エッセイと小説が混在するという、異種格闘技戦みたいなものが形になるだろうかという不安を胸中に抱えた私、との本書を出す企画がスタートした。

そのような構成は、単なる老人の思い出話にしないためにはかえって有効なものだと前向きに愚考し、まとめ上げたのが本書です。読者諸兄姉の審判を仰ぐ次第です。

徳岡と私は、大阪府立の某中学（旧制）の六〇期同級生である。ここで旧制の中学というものについて説明をしておこう。今の中学と根本的に違ったのは、昔の中学、商業、工業、高女などの中等教育は義務教育ではなかったということである。したがって中学へ入るには試験があった。また中等教育に男女の共学などありえなかった。義務教育の小学校を出ると、進学する男は受験して中学や職業訓練をする商業や工業、農林などへ入り、女子は高等女学校、略して高女へ入った。

その中学は、文化人でいえば、私たちの一年上には手塚治虫がおり、古くは、「知床旅情」をつくり歌った俳優森繁久彌、「真空地帯」の作家野間宏、「女の一生」の劇作家森本薫が同時期に学んでいた大阪の名門中学である。学制が変わってからは新制高校となって男女共学となり、一〇〇期の橋下徹（元大阪府知事）がラグビーの全国大会にでたとき花園ラグビー場のスタンドにいた在校生の応援団のなかには、NHKアナウンサーの藤井彩子（一〇〇期）、やはりNHK出身で日テレのニュースzeroのメイン・キャスター有働由美子（九九期）もいたという。学者、法曹人、経済人となるとごろごろいて枚挙にいとまがないのだが、一、二挙げると、年配の方はご記憶にあるだろう日本マクドナルドの創始者藤田田は私たちの上級生として校内で見かけたし、若い方ならご存知のミクシィの創始者笠原健治は一〇六期であり、耳新しいニュースでいえば、リチウムイオン電池の開発に貢献したとしてノーベル化学賞をもらった吉野彰もこの学校で学んだ。そんな学校である。

私たちの学年は、小学校二年のときに、支那事変と呼ばれた大陸での戦いが勃発し、泥沼化して延々と続いて、六年生のときに太平洋戦争が始まっている。文字通りの軍国教育を受けてきた。その軍国少年が、昭和二十年、十五歳（生まれ月によっては十六歳）で、突然終戦、敗戦を迎えたのだった。正にそれは私たちにとって驚天動地の出来事で、価値観を百八十度転換せねばならない戦後を過ごしたのだった。

私たちの一学年下は学制改革で新制高校に進み、男女共学となる。しかし私たちは、旧制中学のまま、まだ何の新しい民主主義教育も受けず、男女共学を知らない最後の学年として中等教育を終えた。まだ二十歳の成人の分別もなく、といって十歳の子供のように簡単に切り替えて、ギブミー・チョコレートとは言えないものを胸の中に引きずったままの戦後を送った。

私たちが同級生で集まるとき、いつも思い出話の中心になるのは昭和二十年、十五歳前後のことである。徳岡にしろ私にしろ、私たちが書いているものも、どこかにそのときを十五歳で通過した者の何かが籠っているにちがいない。そう思っています。

二人の書いたものの中から先ず戦争中の体験を書いたものを選び、徳岡の数多い作品のなかからは大阪もの、いわば徳岡エッセイ文学大阪篇を選択し、そして拙作のほうは私自身を含む同世代の生きざまを物語った小説や、彼との交情について書いたエッセイを選び、さらにはお互いの喪った妻のこと、生い立ちや家族のこと、また二人が同じ事柄について書いているものなどを収録いたします。

私たちの父親はともに昭和天皇と同い年であった。そんな昭和の子が、平成をも生き抜き令和を迎え、間もなく卒寿となります。いわば、これは私たち昭和の子二人が自身で記した私たちの「紙に書いた墓碑銘」であり、またすでに幽明（ゆうめい）境を異にした多くの同年代の日本人へのレクイエムであり、同時に令和を生きる後輩たちへの一つのメッセージ「伝言」でもあります。

平成二十九年、若い（私たちからみて若い、戦争体験のない世代の人、という意味）コラムニストの上原隆氏が、私の書いた「海行かばを唄う」をたまたま読んでくれて連絡をくれ、雑誌「正論」にて六ページにわたって紹介し感想を書いてくれました。彼が拙作を読んで何かを感じてくれたように、若い人たちが本書を読んでくれて何かを感じてほしいと願っています。

目次

夕陽ヶ丘

――昭和の残光――

崩御の日「あの夏」の記憶

徳岡孝夫

昭和天皇の崩御(ほうぎょ)を、私はロンドンの友人からの電話で知った。すでに退職し、もう取材に駆け回る必要がない。静かにテレビを見て昼が過ぎた。

午後三時になった。新聞全紙の夕刊を見たいと思い、駅前の売店まで歩いて行った。どこの夕刊もまだです。きょうは五時頃になるそうです。とオバサンが言う。空しく引き返した。

帰途、小さなスーパーの前を通った。短い日除(ひよ)けが出て、その端から垂れた紐が、重しがわりに歩道上に置いたラジオに結んであった。中型の、たしか当時ラジカセと呼んだラジオである。

スピーカーから音が出ている。ニュースである。朝いらい何度も繰り返し聞いた崩御関連のニュースだが、何か新しいことも言っているらしい。

通行人が四、五人、立ち止まってそれを聴いている。私も思わず足を止め、人の輪の中に交じった。

歩道の上に置いてあるラジオだから、聴く者は自然に頭を垂れ、ラジオを取り巻く形になる。

全員が黙ってニュースに聴き入っている。

私は、電気に打たれたように思い出した。遠い昔に一度、これと同じ姿勢を取ってラジオを聴いたことがある。突然、鮮明に記憶は戻ってきた。

あたり一面にペンペン草の茂る、真夏の昼だった。旧制中学生の私は勤労動員され、西大阪の工場街にある鉄道省用品庫に勤務していた。いま、それはアメリカ製の遊び場、ＵＳＪというテーマパークになっている。

正午に重大放送があると事務所に呼ばれ、三十人ほどの同級生とラジオの前に整列した。ラジオは地面に置いてあったわけではない。だが雑音の中から玉音が聞こえ始めると、自然に頭が垂れた。聞き取りにくかったが、だいたいは判った。ああ、やっぱりそうか。避けられない敗北だと、十五歳の私はひそかに思った。

崩御を聞いた日、四十年以上も前の記憶が甦ったのである。それは「この景色はいつか見たぞ」という生易しい既視感ではなかった。体をガンと打ちのめし、全身が震えるほど強烈な記憶の復帰だった。姿勢だけでなく、私はあの夏の昼と同じことを、崩御の日に再び思っている自分を発見した。敗戦も死も、不可避なものであった。

高山樗牛は「やがて来む寿永の哀れ、治承の春の楽みに知る由もなく」と書いた。平清盛、西八条の館の観桜の宴から壇ノ浦での転変のすべてを、昭和は一代のうちに見せた。そして最後に終戦と崩御があり、「あかげらの叩く音するあさまだき　音たえてさびしうつりしならむ」……老いて死の淵を覗き込む昭和天皇の御歌がある。

（「文藝春秋臨時増刊」二〇〇五年八月号）

「海行かば」を唄う

（昭和者がたり、ですネン）

土井　荘平

今年の誕生日には米寿を迎える正月、純平が年々数が減ってきた旧制中学の同級生からの年賀状を見ていると、一枚の水彩で描かれた海の絵だけのものがあった。

中央から下は一面の海が描かれ、その水平線上に点々とゴマ粒のような黒点が描かれていて、絵の下に小さく、昭和二十年、十五歳の時の紀伊水道、とだけ書かれてあるのだった。

純平には、その絵の意味するものが直ぐに分かった。これを書いたH君は同級生たちへこの絵だけの同じ年賀状を送ったに違いない。それは純平たちにとって共通の記憶にある、そして今も昔話をし合った時などには、しばしば出てくる思い出の場所だった。

純平は、その絵を見ながら、もう十五歳を過ぎた孫たちへ、あの頃、純平が十五歳だった頃の、あの場所につながる話を書き残しておきたい、そう思い、先ず当時の彼自身の記憶や、同級生から聞いた事などの整理をしようと思った。

昭和二十年六月、大阪の旧制中学の四年生だった純平たちは、勤労動員で和歌山県に連れて来られ、農家に分宿して、紀伊水道の見える山で、山腹に横穴を掘る作業をさせられていた。戦争は既に十五の少年にも明らかに分かる不利な状態になっていて、沖縄は敵の手に陥ち、本土決戦が叫ばれていた。大阪の街は空襲で灰燼に帰していたし、学業はもう無くて工場労働や防水池をつくるなどの土木作業ばかりの毎日になっていた純平たちには、汽車に乗って集団で行くなど久しぶりの事で、ふとどこかに遠足気分みたいなものもあって来た和歌山だったが、最寄り駅に着いた途端、俄に気が引き締まった。

道路を陸軍の戦車が二両、砂塵を巻き上げて凄いスピードで走って行ったのだった。ここは敵の上陸に対する地上戦が想定されていて、そのために配備されている戦車に違いないと誰もが想像できたのだった。

兵隊一人に三、四人の中学生で一つの穴を掘る作業をしていて、その横穴は敵が上陸して攻めて来たとき、そこに機関銃を据えて迎え撃つための穴だったが、鶴嘴とシャベルだけでの慣れない作業で、時にはダイナマイトで発破をかけた。それは、同級生のT君がいつか言ったように、「十四、五の子供に触ったこともないダイナマイトを扱わすなんて無茶苦茶やった。よう事故が起きんかったなあ」という無謀さだった。それでも豆粕混じりの握り飯だけの食事でいつも空腹だったせいか、あるいは馴れない作業のせいか、なかなか思うように進捗しなかった。

父と同じ年頃の召集された補充兵も焦っていて、「早く造らないと、敵が上陸して来たら隠れる場所もないぞ」と叱咤し、純平たちも気ばかり焦った。

敵機は毎日のように、水平線の上に現われ、北へ、大阪神戸の方へと上空を通って行ったが、ある日、まるで雲霞(うんか)のごとく点々と、H君の年賀状の絵のように、無数の黒点が水平線に現われたのだった。それは次から次へと何波も現れて、悠々と編隊を組んで北へ、大阪の方へ飛んで行ったのだった。機数を数えられないほどの大群だった。（後に知ったことだが、その日大阪及び近郊を襲った敵機は五百機以上だったという）

反撃する味方機を見たことがなかった。本土決戦のために飛行機はどこかに隠されている。敵の本土上陸が始まったら一斉に飛び出し、やっつける手筈だとまことしやかに言う者がいて、そんな希望的観測を純平たちは何となく納得はしていたのだが、しかし、その敵機の大群を見た時、純平は胸騒ぎに苦しんだ。まだ焼け残っている大阪の一画にいる家族、祖父母、父母、三人の弟妹たち、そして好きだったひとの安否を気遣っての胸騒ぎだった。空襲の恐ろしさは既に三月前に経験していた純平だった。

過ぐる三月十三日夜、大阪はB29爆撃機二七四機（米軍の資料による）による始めての大規模空襲を受けた。夜の十二時前から翌日二時半頃まで、約二千メートル位の低空で襲来し、中心部は一夜にして焼け野原になった。

大川の直ぐ北、天満の純平の家は、直撃を免れたが、川向うの中心部、船場の空は見渡す限り真っ赤に燃えた。純平は学生服に防空頭巾をかぶって橋を渡り、谷町筋で古書籍の店を開いていて帰って来ない父を探しに行こうとしたが、行く手に火の塊が落ちてきてドッと火柱が上がり、それは後で知ればB29が火達磨になって墜落してきたのだったが、もう前へは進めず、父は逃げて来るだろうと思ったし、まだ火のついていない家族のいる家も気になり引き返した。

夜空のサーチライトが交錯するところに、何波も襲ってきたB29の巨体が時折黒く現われ、その腹から焼夷弾が花火のように散らばって落ちて来るのが光って見え、それは不思議なことにゆらゆらと漂いながら落ちて来るように見えた。

同級生のK君の母校における講演の記録には、その焼夷弾の大半は油脂焼夷弾で、直径八センチ長さ五〇センチ、断面が正六角形の金属製の筒に、不発弾の割れ目からはみ出していたのを見ると、例えば生ゴムをガソリンで練ったかのような粘着力の強い燃焼剤が詰めてあり、七十六本まとめて一つの集束爆弾とし、それを一機二十発積んできていて、その集束爆弾は落下途中で解体して千五百二十発の雨になったとの記述があり、二百七十四機で実に四十一万六千四百八十発の焼夷弾が正に雨あられと大阪に降って来た、無差別な容赦のない絨毯爆撃だったのだから、木ばかりで出来た家々はひとたまりもなく炎上し、また延焼したのだった。

当時渦中の船場の家で空襲を経験した同級生M君の著作の中には、焼け出された幽鬼のような人々の群れが、ごろごろ死体の転がっていた御堂筋を北へ北へ逃れて歩いていて、そんな人たちで、大阪駅のコンコースは一杯になって溢れ返っていたという。

(その夜中、閉まっているはずの市内の地下鉄の駅の扉が開いていて、多くの人が避難したという。そして、もう終電が過ぎて動いていないはずの地下鉄が、キタはやられていない、大阪駅は大丈夫だという、どこからか聞こえてきた噂に促されるように動き、避難民を乗せて大阪駅へ運んだという。今となっては誰が機転を利かせて変電所を動かし、電車を動かしたのかは分からないが、臨機応変の見事な関係者の措置だった。)

父はその夜帰らず、純平は翌朝また橋を渡った。舞い上がった煤混(すす)じりの黒い雨が降り、カーキ色の学生服に点々と黒いシミがついた。

橋の南は一望の焼け野原だった。転がっている死体に眼を背けながら、抑えきれずに口がワナワナと震え、歯がガタガタと鳴り、はじめて戦争というものの実態を知った衝撃に、純平は半泣きで父の店にたどり着いた。防空壕に入っていて身体は無事だった父だったが、一切合財焼けてしまった店のまだ煙の燻(くすぶ)る中で立ちつくしていた。

茫然自失、といった態の父を見て、京都から移って来なければ良かった、と後悔していたのではないか、と純平は思った。もっともそう思ったのは、その時だったか、あるいはもっと後になって思ったことだったのかは記憶が定かではない。

京都で古書籍、骨董に近い漢籍本なんかを商っていた父は、戦争がはじまると祖父母と一緒に暮らすために大阪へ移って来たのだった。もし京都に留まっていたら店も商品も焼けることなく戦後を迎えることが出来て生活も楽だったに違いないとは、結果論で、米軍は余裕で文化財の多い京都を空襲しなかったらしい、などとは戦後になって聞いた噂話で、純平の父は運がなかったに過ぎないというのが正しいだろう。

余談になるが、純平はもの心ついたとき、何故か京都にいた父母と離れて祖父母と大阪に住んでいた。

純平は、小学校低学年の頃、夏、春などの長い休みになると、独りで大阪から電車を乗り継いで京都、大徳寺前の父母のところへ出掛けていた。祖父母が京都の父母を訪ねた記憶のない純平だった。養子でありながら父と祖父母の間には何らかの確執があったのかもしれない。

大川沿いの天満橋（てんまばし）から京阪電車に乗って京都三条まで行き、そこから市電で大徳寺前まで行ったのだった。

生家の壁に、墨で、京都、京都と落書きしていて、それはその家が失くなるまで純平の目の前にあり、幼い頃の純平の、京都、父母のいる京都への想いを語っているようだった。

市電の停留所の直ぐ傍で父は古書の店を出していた。

夜更け、と言っても子供の純平がまだ起きていたのだから、そんなに遅い時間ではなかったであろう。いつも父は居ず、小柄な母がチョボンと座って店番をしていたような記憶が、純平の脳裏にあるが、店の奥で布団に入りながら、純平はなかなか寝付けなかった。騒々しい大阪の街中と違って静まり返った四囲だった。

大徳寺の木立の葉がザワザワと鳴っているばかりだった。

遠くからガッタンガッタンと市電が軌道を軋る音が聞こえてきて、それはゆっくりゆっくり近付いて来る。

直ぐ前で止まり、また今度はその音がゆっくり、ゆっくり遠去かって行く。何か恐ろしいような静寂の情景が純平の記憶の襞の底に横たわっている。

そんな淋しい思いもしながらも、幼い頃の純平は、長い休みの度に京都へ行きたがった。行く時は成績の通信簿を持って行くのが通例だった。だから成績は良くなければならなかった。したがって小学生の純平はよく勉強した。そこそこの成績表を持って、それを見せるためにも京都へ行ったのだった。

また彼は毎週のように母に近況を知らせる手紙を書いて送り、母の返事を待ちわびた。

当時の小学校は男女別々のクラスだったのだが、純平は四年生になった頃から、女生徒に何か奇妙な想いを持つようになっていて、勉強が出来たせいか級長をしていて、度々職員室へ用事で行くうちに、やはりよく来ていた六年生のある女の級長に憧れめいたものを感じるようになり、会うと胸がときめいた。休み時間の校庭では彼女の姿を目で探すようになった。

そんなある日、せっせと母へ手紙を書いていた賜物か、市の綴り方の今でいえばコンクールみたいなものに入賞したと知らされて職員室へ行くと、彼女も来ていて、学校で表彰されるのは純平と彼女の二人で、表彰式は次の日曜日に近くの中央公会堂で行われるので、二人は直接家から行きなさいと言われた時、上田奈津子と名乗った彼女が、ウチが連れて行ってあげるワ。学校で待ち合わせしようね。と言ってくれたのだった。

　表彰式が終わって、賞状と褒美のノートをもらって公会堂の横の出口から出ると、そこは土佐堀川に架かる栴檀（せんだん）の木橋（きばし）の袂で、そこで先生とは別れて、純平は六年生の彼女の言うまま階段を下りて中之島公園の植込みの外へ出て、川岸に並んで座った。空が暮れて行くまで座っていた。いろんな話をしたが、大半は奈津子が一方的にしゃべった。

　その日から彼女の提案で交換綴り方をするようになった。彼女がもらったノートに先ず何かを書いて純平に渡してくれる。それを読んで今度はその続きに純平が書いて彼女に渡す。読む度、書く度、わくわくして繰り返しているうちに、彼女の卒業式が来てしまった。

　五年生は蛍の光を唄って送りに行く。だが四年生は休みだった。純平は交換綴り方の二冊目のノートを持って学校へ行った。校門の前に並んで見送る五年生の端に勝手に並んで、卒業生を見送った。昨夜一生懸命書いたノートを彼女に渡した。しっかり勉強していい中学へ行くのよ。Ｈ中を目指しなさい。それは大阪府下屈指の名門校だった。彼女の言葉に涙が溢れた。去って行く卒業生も送る五年生もすすり泣いていたので、純平も心置きなく泣けた。

　ノートが返って来るのを心待ちにしていた純平だったが、何の知らせもなく日は月は過ぎ、そして年も何年も過ぎて行き、大阪の大空襲の直後だった。海軍の学校へ入る同級生を送った後、空襲後の混乱が未だ残り、ごったがえす大阪駅のコンコース、すれ違った女性に、純平は全身の血が逆流したかと思った。振り返って絣の柄のモンペの後ろ姿に声を掛けた。昔と同じように、「奈津姉ちゃん！」

振り返った女性の顔が一瞬こわばり、直ぐに大きく崩れて、

「純平なん？」

その時から、省線（国鉄になる前はそう言った。鐵道省の線という意味）福知山線の宝塚のさらに幾つも先の駅で降りる田舎に疎開し、そこから大阪の女専（後の短大、女子大）の動員先の工場へ通っているという彼女に会うために、時間が間に合う時は必ず大阪駅で帰りを待った。

当時男子は中学、女子は高等女学校と分かれていて、男子中学生は女学生に憧れていたものである。しかし、中学生が女学生とつるんでいたりすると不純交際などと言われて不良扱いされ、学校での処分が待っていた。だから駅などでの立ち話など論外だった。大阪駅は要所要所に巡査が立っていて目を光らせており、たちまち咎められるような状況だった。

純平と奈津子には明らかに年の差があり、だから一緒に歩いていても咎められることはなかったのだが、それが警戒心を薄くしたのであろう。次第に大胆に立ち話をするようになり、改札口の中へ入っても奈津子は直ぐには背を向けず、改札横の柵を挟んで見送る純平の前に来て話しはじめた。

「うちじゃあねえ、危ないからってもう工場へ行くのを止めて近所の農家の手伝いでもした

らって言われてるのよ。でもそうしたら学校も退学しないといけないのよね」

それを迷っていたのは彼女の本音だったろう。せっかく入った女専だったが、女子挺身隊に組み入れられての毎日の工場通いで、家は焼かれて田舎へ疎開し、二時間掛けて危険極まりない大阪へ来ていたのだった。その頃奈津子と同年輩や少し年上の男子はほとんど工場にも街にもいなかった。軍隊に行ってしまっていた。そんな状況下で、年下で頼りにはならないが、幼馴染、しかも自分には絶対的な強い思慕を持っていることが分かっている純平が毎日のように駅で待っていて、彼と話が出来るということは、通って来る一つの、いや唯一の楽しみだったかもしれない。

しかし、どうするか迷っているのよ、と言って、見た純平の顔は今にも泣き出しそうで、彼女は、さらに、純平に会えなくなるから毎日来てるのよ。そうも言うつもりだったのかもしれないが、彼女はそれを言う危険、言ってしまってさらに純平の胸を燃え上がらせる危険を、とっさに判断したのかもしれない。黙って手を出して、純平の手を握り、直ぐ、「じゃあ、明日ね」と背を向けた。

と、帽子の上から日の丸鉢巻をし、長い棒を持った警官が来て、この非常時に何をしているんだと、怒鳴られた。明日は会えるかどうかも分からぬ状況に胸が詰まって泣きそうになっていた切なさが出た純平の態度が、目に余ったのかもしれなかった。奈津子が引き返して来て、従姉弟なんです。私の体の調子が悪いので福知山線で帰る私を、ここまで送ってくれたんです。

とっさの機転で弁明してくれたが、態度が悪い、男女がべたべたしてるとしか見えん。と警官は声を荒げ、奈津子には、早く行け、福知山線だったら汽車が出るぞ、と促すと、改札外の純平だけが詰所へ連行された。

たるんどる、と殴られた。殴られながら純一は、ひたすら謝り、それは学校へ連絡されたくない思いからだった。学校へ連絡されたら懲罰が待っていた。

一番の心配は、予科練（よかれん）への志願を強制されることだった。当時の実情を、前述のK君の記述を借りると、

「新しく赴任してきた校長が、本校を陸軍予備士官学校にすると宣言しました。予科練、正式には海軍甲種飛行予科練習生と言います。戦争の激化と共に消耗する飛行兵の不足を補うために、中学三、四年生を対象として大量募集計画が立てられました。聞くところによると、大阪府六百人、そのうち百二十五人をその校長が引き受けてきたと言われています。そして狂気のような勧誘活動が繰り広げられたのです。戦局悪化に向かうこの時期に、消耗品扱いされることと疑いのないこの予科練に応募する生徒はほとんど無く、窮地に立った校長は自ら何人かの生徒を択び、それぞれの担任教師に個人説得することを命じました。その面接室に衝立（ついたて）を置き、その陰で説得の様子を盗み聞き、監視したこともありました。また、予科練適性調査書を配布し、父兄に記入提出させたこともありました。記入項目には、本人が希望しない理由と、父兄が受験させせない理由、という欄がありました。迂闊なことを書けば、本人も父兄も、特高警察

や憲兵に何をされるかわかりませんから、提出する人はなかったでしょう」

これには少し説明が要る。当時H中学の生徒が軍人になるのを忌避していたわけではない。しかし、大阪屈指の名門中学の生徒であることに誇りを持っていた彼らも、将来にどんな夢を持っていたとしても、この時期、その前に戦いの場に立たねばならぬことは当然覚悟していたが、積極的に行こうとする者は、陸海軍の将校になる海軍兵学校や陸軍士官学校を目指し、すでに何十人も受験していたし、そうでなくとも旧制高校や大学へ入ってからの入隊を覚悟はしていて、一兵卒の消耗品になることへの忌避があったのだった。

彼女の機転の利いた嘘が利いたのか、純平の恐れた学校への通知は無しに解放された。従姉弟というのは絶妙な機転だった。もし姉弟と言ってしまったら簡単にばれたであろう。何しろ当時総ての人は胸に氏名、所属などを書いた名札を縫いつけていて、姓の違いで追及されたに違いなかった。

和歌山へ行く前日、彼がまた大阪駅で待っていると、彼女は彼の前で立ち止まらずに歩きながら、ついて行った彼に、

「純平、またこの間みたいなことあったら困るから、立ち話は止めて、またこれ、はじめましょう」

彼女が振り返って彼に渡したのは昔の交換ノートだった。

「えつ、まだこれ持っててくれたん？」

「持ってたわよ。だから続きに純平、書いてね」

彼は、そのノートを手に持ったまま、帰りたくない、と大阪駅で彼女に駄々を捏ね、切符を買って福知山線の列車（まだ汽車だった。電化されたのは戦後である）に一緒に乗って行った。

むずかる子をあやすように、奈津子は身に着けていたお守りを外して純平に渡し、大事な時にシャンとしない男は嫌いよ。ウチを守ってくれるんでしょ。まだぐずぐず言うんだったら、もう会わないわよ。と叱責し、元気で帰って来るのを待ってるわと、阪急電車で大阪へ帰れるよう彼を宝塚で下車させた。純平はその時の奈津子のキッとした真顔と叱責に、痺れた。何故か嬉しく、列車を降りた。

彼は母にそんな風にでも叱られたことは一度もなかったのだった。

幼い頃訪れた京都の母は、わざわざ来る純平が何をしても叱らなかった。それはかえって純平にとっては一種のもどかしさがあり、恋しくても飛びついて抱きついたなどの経験は一度もなかった。

（あのあたりの地理に詳しくない方のために解説するが、阪急電車宝塚線とＪＲ――当時は省線の福知山線は、その頃同じ大阪梅田から出て、阪急は大阪空港の東側を走るが、福知山線は空港の西側を走り、宝塚で出逢って乗換えが可能な近くに駅がある。阪急宝塚線はそこが終点である）

動きはじめた列車の窓越しに、奈津子の挙手敬礼をしながらの微笑んだ顔が動いて行って見えなくなり、その顔はプラットホームの純平の瞼の裏に刻み込まれた。

和歌山の沿岸陣地構築の穴掘り、ある日、艦載機グラマンが低空で現れ、道を歩いていた純平たちに機銃掃射をしかけてきた。あわてて物陰へ走ったが、敵機は執拗に何度も引き返してきて機銃弾が道に砂埃を巻き上げた。

それ以来、昼は寝て、夜に作業をするようになった。疲労が激しかった。

「ある昼、寝ていたのですが、外が騒がしくて出て見ると、頭上かなりの低空を左エンジンから炎と黒煙を曳きながら南へ逃げるB29が見えました。皆一斉に手を叩き、落ちろ、落ちろ、などと叫んでいました」とは、前述のK君の記録の一部です。

休憩時間、一緒に穴を掘っていたF君が、小声で、

「逃げて帰ろうか。寝る時間になったら直ぐに出て、線路伝いに歩いたら一日ぐらいで大阪につくんチャウか」

純平も話に乗って二人で脱走計画を立ててみたが、勿論実行は出来る筈もなかった。学校の授業を抜け出すことの比ではなかった。当時中学生は既に軍隊の下部組織に組み込まれていたも同然で、そんな脱走がどんなことになるか、二人には充分予測できたのだった。

そして、これはその時には知る由もなかったのだが、大阪の母校では、交代で学校警備をやらされていた二年生の二人が、宿直で泊まって居た学校で空襲のため死んだということも起

こっていた。二年生、十三歳が宿直させられる、そんな事態になっていたのだった。

ようやく交代の日時が来て、純平は我が家は無事かとドキドキしながら大阪へ帰ったが、待っていたのは、火除地としての土地の強制収用による強制疎開だった。

それにも増して、純平の気がかりは奈津子姉さんのことだったが、和歌山で毎晩、好きです、好きです、一緒に居たいです、ばかりしか書けず、こんなことを書いたノートを受け取って貰えるだろうか、止めて書き直したほうがいいだろうかとドキドキしながら、ええい、叱られたら叱られたでいい、と覚悟して、大阪駅で何日待っても、彼女は現われなかった。彼女の宝塚駅で見た敬礼する笑顔が身震いするほど恋しかった。しかし純平には彼女を探してみる時間も余裕も無かった。祖父母は叔母の在所の生駒山の麓の瓢簞山（ひょうたんやま）へ疎開したが、純平たち一家は、父が見つけてきた北の郊外の農家の離れへ疎開することになった。

大八車に一杯の家具を積んで、積めない物は棄てていくほかはなく、父が梶棒を引き純平が後ろから押してそこへ向かった。

息が切れて何度も止まり止まり行かねばならなかったが、十三（じゅうそう）大橋にさしかかると止まるわけにはいかなかった。橋の上では、もし敵の艦載機が現われたら隠れる場所もないと気が気ではなくハアハア言いながら何百米もある橋を渡った。半日かかってようやく疎開先に着いた。

毎日のように何度も空襲警報が出る中、純平はそこから勤労動員先へ通い、弟妹たちはそこの小学校へ転入した。夜帰った純平は田園風景の中のその家でくつろいで眠った。

ところがある日、朝早くから警報が出て、爆音が聞こえてきて、慌てて防空壕に入る間もなく物凄い轟音が壕をも揺るがして上空を通り過ぎ、さらに二度三度とやって来た。シュルシュル、シュルシュルという不気味な音が無数に降ってきて、焼夷弾だと壕を飛び出してみると、道路に突き刺さったものが、火花を噴き上げていた。また藁屋根に刺さった焼夷弾があちこちで火を噴いていた。

人々が出て来てバケツで水を掛けて消そうとしたが、とても火勢に追いつかず、家の中を見ると、純平たちの部屋はもう火の海になっていて、彼はその中へ飛び込んだが、ほんの僅かな物を出せただけで、後は呆然と焼け落ちる家を見ている以外なかった。

あたり一面焼き払われたかと思ったのだが、家屋の密集していない農村のこと、処どころの家が焼け落ちているだけで、夕暮れが迫り、人影がなくなっていた。純平たちは居場所もなく、公民館に入れてもらった。どうしたらいいのかと心細く、母はどんな思いでこの夜を過ごしたのかと、純平は今でも思いやる。

後になって知ってみると、そこは農村といっても伊丹飛行場に近く、敵の攻撃で流れ弾が落ちてきても仕方ない場所で、安全だなどとは到底言えない場所だったのだ。だが、行ってみても目に入る範囲にそんな施設は見えず、土地勘のない父は、ともかく市街地を離れた処で部屋を貸してくれる農家を見つけるのが精一杯だったのだろう。

その夜疲れきった彼はそこで泥のように眠った。次の日の朝早く、目覚めると直ぐに、彼は歩いて大阪へ父を迎えに行った。阪急電車は不通になっていたのだ。父は焼け跡の防空壕に寝泊りして近くのまだ焼け残っていた軍需工場で働くようになっていたのだった。

母と三人の子供は、神戸須磨にいる父の姉の家の一室で暮らすことになって、小学生の弟妹二人はまた転校だった。下の妹はまだよちよち歩きで、今になって純平は母の当時の苦労に頭の下がる思いがしている。しかし当時の純平は、母を助けることに思い至らず、学校へ行けないという理由で、だが実は、大阪を離れなければ奈津子と遇える機会があるかもしれないと、母の許を離れて、近鉄奈良線沿線瓢箪山の祖父母の暮らす家に行き、そこから学校や動員先へ通った。

大阪で焼け出された学友たちも当然それぞれが疎開先から通うようになっていたが、通えない遠くへ疎開した者もいた。同級生のM君は船場の家を失い、一家で滋賀県の近江八幡に疎開し、やむを得ず地元の中学へ転校した。その時、彼は、敵が和歌山に上陸して来た時、攻めて来るのは大阪より一ヶ月は遅れるだろう、とふと思ったと、ある著述の中で書いている。

八月十五日、純平は、大阪船場、東横堀川の川岸に焼け残っていた製薬会社の薬品倉庫にいた。

十人くらいの同級生とともにこの倉庫へ派遣されていて、女子挺身隊員と一緒に作業していたのだった。

朝から抜けるような青空だった。暑い日差しがギラギラ照りつけていて、前の道を隔てて、川岸へ降りる石段があり、その先の川面が眩しく光っていたのが、純平の記憶にある。

十四日も大阪は大空襲に見舞われた。防空壕でうずくまっていてもズシンズシンと地響きが伝わってくる爆弾攻撃で、大阪最大の軍需工場、砲兵工廠がやられたとのことだった。だからこの日、ラジオで重大発表があると聞いても、終戦の放送だなどと言う者は誰もいなかった。「軍艦マーチ」だといいんだが、多分「海行かば」だろうなあと、誰かが自嘲するように言ったが、反論する声は出なかった。

開戦以来ラジオで華々しい戦果が発表される前には必ず勇壮な「軍艦マーチ」が流れた。だがある日、「軍艦マーチ」ではなく荘重な「海行かば」が流れ、山本連合艦隊司令長官の戦死が発表された。その後、サイパン、硫黄島の玉砕、沖縄守備隊全滅と、何度も「海行かば」に続く恐ろしい発表を聴いていて、それは旋律だけだったが、その度、「海行かば水漬く屍山ゆかば草むす屍大君の辺にこそ死なめ顧みはせじ」という『万葉集』の大伴家持の和歌に基づく歌詞を思い出し、悲壮な思いになるのだった。

しかし、その日、整列した彼たちが聴いた奏楽は、「軍艦マーチ」でも「海行かば」でもなく、「君が代」で、続いてカン高い声が、「耐え難きを耐え、忍び難きを忍び」

天皇の終戦詔勅の肉声だったが、一瞬彼は何のことかよく分からなかった。呆然と立っていた。全員が、しばらくは無言で立っていたのだった。

誰かが、「うみゆかば〜」と小声で歌いはじめ、何人かが声を合わせた。

歌声は次第に大きくなって、何度も何度も繰り返し繰り返し歌われ、泣き声や怒鳴り声の混じる合唱が続いた。


あの時、戦争が終わった。命拾いした。などとは未だ感じなかった。そう思ったのは随分時間が経った後だった。

二十歳の成人でもなく、十歳の子供でもない、未だ、いや、もう、十五歳だった純平たちには、これからどうなるのか、どんな目にあうのか、死に遅れた、その思いだけだったのではないか。それが、「海行かば」だったのではないだろうか。

また奈津子が、工場の爆撃で、防空壕に入っていたのにも拘わらず不運にも爆弾の直撃を受けて亡くなっていた、と知って、それはあの日だったに違いない。彼が和歌山で敵機の雲霞のごとき大群を見送ったあの日だったに違いない。彼女が被爆時お守りを持っていなかったという負い目もあり、彼女の仇は必ず討ってやる。さらには飛行機乗りになってB29に体当たりしてでもと、自棄(やけ)気味にさえなりつつも決意した気持ちの、持って行き場所がなくなった戸惑いもあったのだが、何よりもこれから敵にどうされるのかという不安感ばかりだったような気がする純平である。

何ヵ月も過ぎて、学業はまだ軌道に乗ったとは言えなかったが、純平は部活のスポーツに夢中になって校庭を走り回り、そんなとき、ふと、あの日終戦になってよかった。そうでなければ、多分あの日以後永くは生きては来れなかっただろう、などと思う時があった。またもしもう少し早く、広島、長崎が原爆にやられてからではなく、三月、東京、名古屋、大阪が空襲で壊滅的にやられた後決断してくれていたら、と思うときもあって、それはふと、奈津子姉さんの夢を見て目覚めた夜更けだった。何年もそんな夢を見る夜があったのだった。

純平は、ここまで自分の十五歳のこんな経験を書いてきた。これを十五歳を過ぎた孫たちにどう書いて伝えようかと考えている。自分の米寿の祝いの席で、集まってくれる孫たちへ手渡したいのだった。

（「文学街三四九号」二〇一七年年六月）

同級生の日記

（本章を故三島佑一君、および故河野英通君の霊前に捧ぐ）

（文責　土井荘平）

八月十五日（水）

ああ、八月十五日、正午――深く胸にしみ襟を正さしめられた君が代吹奏の後、畏れ多くも一億民草の上に響かせ給うた玉音を拝聴した。あの何ともいえない一時を如何でか私達一生忘れえようか。

南海北冥に散った英霊に対し、仇を討てなかったことを深く深くおわびします。

ああ、ついに有史三千年の祖国神州は悲痛なる戦局の終結をみるに至った。これから私達はどうすればよいのか。

これは、旧制北野中学の同級生、三島佑一君（以下敬称略）の妹さんの日記の一節であるが、捨ててしまって現存しない三島の当日の日記の冒頭と何故か同文であった、と著作の中で記しているので、彼の当日の記述として紹介する。

三島佑一は先年、旅行先にて急死したが、晩年永く「船場大阪を語る会」の会長として、船場の古老から話を聞く会を定期的に開催する同会の中心メンバーだったが、小説、郷土史、歌集など多くの著作を残した。右はその一冊『昭和の戦争と少年少女の日記』（東方出版刊）より抜粋したものである。

彼は薬の町道修町（どしょうまち）の生まれ育ちで、船場と呼ばれた大阪の中心の東北端を校区とした集英小学校を出て北野中学へ進んだ。徳岡の出身小学校愛日の東隣の小学校である。北の大川を隔てて私土井荘平の小学校西天満とも南北に隣接した校区だった。

徳岡は、谷崎潤一郎『細雪』の蒔岡家と同様に職住分離で阪神間の西宮に住んでいたが、三島は道修町の薬種問屋で昔ながらの店の奥が住居という形のまま戦争中を過ごしていたので、昭和二十年六月、空襲にて焼け出され滋賀県の近江八幡へ移り、それに伴って地元の中学へ転校した。終戦後十月には大阪へ戻り北野中学へ復学したのだが、八月二十四日の日記には、北野の同級生小西昭より次のような手紙を受け取ったと記している。

八月二十四日　小西昭君からの手紙

その後お変わりありませんかと言いたいところながら、十五日の大変わりには茫然自失の態でありました。

口惜しいやら、アホらしいやら、負けたような気はしませんでしたが、思いを畏れ多くも至尊に致しますれば、実にありがたい極みであるとともに、誠に申訳の立たぬことであります。

今となっては、いたずらに死児の齢を数える愚を並べず、日本国再建に勤めねばならぬのでありますが、その任たるやわれわれにかかっていることを思うとき、その責務の重大なることを悟り、怠け心に鞭打って、奮励努力いたさねばなりません。……というのが、本日学校長がくどくどと体操（前屈後屈反復運動）をしながら、えんえん一時間にわたって話された要点であったように存じますが、バカらしいのでよく聞く気もせず、たしかではありません。

バカらしいなんて不敬ではないかとおっしゃるかもしれませんが、こういうことは皆知っていて誰一人聞いていない。それにエネルギーの損耗と思うのでありますが、校長として何かしゃべらんとすまんような気でいるらしいからたまらん。

しかしそれなら簡単明瞭、要点を言われればよいわけで、あの話をちゃんと全部記録すれば、実にとりとめのない話になるだろうと思うわけで、……とこれで校長に対するウップンをはらしてと。

さて大阪は別段変化ありません。終戦前日の十四日の空襲は大阪城東部の森の宮砲兵工廠方面でしたが、全くひどいものでした。翌日は終戦、アメリカも爆撃の仕納めと、あるだけの爆弾を落としたようで、犠牲になった同胞はたまったものではありません。

燈火管制は解除になりましたが、たいして明るくありません。毎日登校授業ですが、内容は九時から十二時まで、掃除がまあ大半を占めている状態です。

ではこのへんで、天性の乱筆、平に御容赦のほどを。

私にはまったく記憶が消えてしまっているのだが、終戦から未だ九日目、どうなるか分からず模様眺めでこんなものだったのだろう。

ここからは、三島の日記の、国民学校（小学校からこう名前が変わっていた）、北野中学でのあれこれを記したものを少し引用させていただく。（土井）

十二月八日（月）昭和十六年　国民学校六年生
日本、米英に宣戦布告。今日は快い初冬晴れでした。
桜井の駅で下車し、静かな天王山の峰つづきの山々、対岸の男山など眺めながら、田畑を行くこと七百メートル、楠公父子訣別之所と書いた乃木将軍の筆と、明治天皇の御製を東郷元帥が書かれた筆を拝しました。
水無瀬神宮はまことに静かな神々しいお宮で、遠く三上皇を偲びつつおがみました。
帰りは山崎より帰りましたが、いよいよ米英と戦争を始めたということを新聞で見て、かつは驚き、かつは心をひきしめた。

彼らの国民学校はその日予定されていた通り遠足に行ったようだ。私の学校の場合は、遠足予定などなかったので、早朝ラヂオで、西太平洋において米英両国と戦闘状態に入れり、というのを聞いて、走って学校へ行ったように思うのだが、その記憶が正しいかどうかは分明ではない。（土井）

一月八日（木）昭和十七年

第一回大詔奉戴日。

学校で大詔奉戴式があり、大詔奉戴日についてのお話があった。

それよりすぐに御堂筋で、陸軍始め観兵式を拝観した。たくさんの兵隊さん、たくさんの戦車、大砲、装甲自動車が通って行った。すごく壮観だった。飛行機も空を圧していた。

二月十八日（水）

今日は第一回大東亜戦争戦勝祝賀日。坐摩神社にお詣りして、旗を持って聖寿の万歳を唱えた。

区内を堂々と行進し、天地を揺るがせとばかり万歳、万歳。日の丸は輝く、軍歌は高らかに。今日ほど歓呼の声をあげた日はなかった。

日記の欄外に、二月十五日シンガポールが陥落したので祝賀日が設けられた、の記述あり。

四月十八日（土）北野中学一年生
大東亜戦争第一回空襲警報。

教練は田畑先生の体験談（戦地体験談？）で面白く愉快だった。

この日僕はただ土曜といううれしさに阪急百貨店に寄って家に帰ってみると、警戒警報が発令されたとのこと。

と、間もなく「ブーゥ、ブーゥ、ブーゥ、……」と十回空襲警報が鳴りひびいた。ほんものである。

僕は万事整えて今か今かと待っていたが、とうとう来なかった。しかし爆音がかすかに耳に響いた。東京、名古屋、神戸などが爆撃された。

四月十九日（日）
第二回空襲警報。
しかし敵機は来ず。その後の情報によれば、敵機は大阪に飛来せるも、爆弾をよう落さなかったと。

三島は、この十九日の警報は味方機を見誤ったかなにかによる誤報で、この日は敵機は飛来していなかったと記している。この空襲は後日分かったことだが、航空母艦になど乗せられないはずの双発爆撃機Ｂ25、十六機が航空母艦ホーネットから飛び立ち日本を爆撃後中国大陸へ向かうという予測できなかった奇襲攻撃だった。三島君が注釈として記しているとおり、「戦勝に酔っていた矢先、まさかの敵機本土空襲、冷水をあびせられたように日本人全部が顔をひきつらせた」のだった。（土井）

小学館発行の『現代史年表』には、日本海軍はこれによりミッドウェー作戦計画着手。とある。ハワイで討ち洩らした敵の空母群を殲滅し、空母を使う本土爆撃を防ごうとしたのだが、結果は、ミッドウェー海戦にて逆に日本海軍の空母群が殲滅的な打撃を受け戦局が大きく動いた（この年六月）のだが、国民にはこの海戦の敗北はまったく知らされず、勝った勝ったという大本営発表だった。（土井）

六月二十四日（水）

今日は麦の刈り取った休暇地の畝（うね）を掘り返した。皆シャツ一枚で暑い中せっせと働いた。僕が用事で遅れたので、波多・鯉江の両君がわざわざ手伝ってくれた。友情の厚いのに感激した。麦から実を取り出すのはなかなか骨が折れた。先生に「やかましい」といって叱られた。作業、という学校前の空地を菜園にして、食糧増産に資する授業があった。園芸手帳に日記をつけさせられた。

六月二十七日（土）

教練の時間、田畑先生は「今日は一つ遊ぼうかな」とにこにこ笑っていられる。キックボールをした。ボールを蹴って塁に出て点を入れるのである。僕はどうしたわけか三回もファールで、おまけに靴の底が口をあけてしまった。どちらが勝ったか、点数もわからん。

この日記を挙げたのはキックボールしただけで口があくほど安物の靴をはいていたということ。ズック靴といっても、ゴムが不足しているのでボール紙のような靴底、それを布に縫いつけてあるだけだから、容易に口をあけてしまう。靴のかかとも釘で打ちつけてあるので、減ってくると中へ釘が出てきてかかとに当たり、えぐれて穴があいた。だから歩くたび痛みが走った。（三島）

七月二十四日（金）

今日は土曜日の時間割だった。教練の時間にお話だというので教室で騒いでいたら、田畑先生、「騒いだによって武装して一時間ぶっ通しで校庭を走らす」と言われた。なにしろがんがん照りの一時間中だから、といっても皆元気で、二、三人の落伍を見ただけだった。「約一里半走った。もっと走れる」と先生は言われた。

その教練の教師は、マントクというあだ名だったが、それは万年特務曹長の略で、配属将校は少尉以上だったから、階級の上では下、一、二年担当のようだったが、すごくこわいので一番偉いと思っていた。……銃剣術の達人という噂が高かったが、そのせいか、ただ叱るだけでなく木銃で突き飛ばす。……「東京で銃剣術の試合があって、関西に田畑ありと叫べども負けてしまった」などあけすけと面白い話をされるときもあったが、気をゆるめると突然こんな目にあう。むらがあった。……（三島）

教室で受ける授業以外のものとして、体操は勿論あったし、そのほか、武道（柔道、剣道）、教練、さらに先ほどの三島君の日記にでてきたように、作業（農作業等）が正課としてあって、時間割にもそれぞれの時間があった。教練とは軍事訓練のことで、そのための教員としてマントクのような先生がおり、そのほかに、各校に軍からの配属将校が派遣されていた。

中学などの中等教育の学校には兵器庫もあった。北野中学にももちろんあり、兵器庫の銃架には三八式歩兵銃がならんでいた。徳岡はその銃器を管理する兵器委員の一人で、銃を磨いたり油で掃除したりする役割をこなしていた。

十四、五歳にはかなり重いその銃をかついで行進したり、走ったり、匍匐前進の練習もした。銃を撃つ姿勢も教わったし、銃の先に短剣をつけての銃剣術の練習も教練の時間に行った。つまり当時中等教育で兵士の基礎を学ばせ習得させて、軍隊での基本教育の手間を省こうとしていたのであろう。また作業という教科を設けて食料不足の解消にも一役買わせようということもあったのであろう。中国大陸での続いた戦いの上にこの戦争、兵士不足、農村の人手不足は深刻になりつつあった。

昭和十九年、三年生だった私たちは、一学期を終えたところで通年動員となりました。それまでも度々勤労動員として臨時にあちこちの土木作業などに行かされていたのですが、それが通年の動員ということになり、それから終戦までの約一年間、まったく学校での授業はなくなり、連日動員先へ出勤することになった。そのやり方は、地方により学校により違っていたのですが、北野中学の場合、郊外に住居のある者と大阪市内に住む者とを分け、西宮から通っていた徳岡を含む郊外組は、大阪鉄道局資材部の大阪用品庫（梅田）と安治川口用品庫に分かれてそれぞれ鉄道員のように通勤して働くこととなった。

大阪市内組は、大半が桜島の陸軍兵器廠という工場へ派遣され、私を含む一部の者は防空要員という名で校区内の消防署、警察署、小学校などへ配置され、警戒警報が出ると昼夜を問わずその配置先へ行き、与えられた任務に就くことになった。私は堂島小学校へ配置され、何度も夜中に起きて自転車で大川沿いに行った。そして伝令として他の学校への伝達を自転車で行った。しかし、二十年三月の大空襲にて市内の大半は焼け野原となって仕事がなくなり、少人数でのあちこちへの臨時の派遣となり、何日かごとに違うところへ作業に行くようになった。

さて徳岡を含む鉄道局用品庫へ通年動員された郊外居住組の当時の状況であるが、彼はエッセイ等であちこちに断片的に当時のことを記してはいるが、まとめて書いたものはなく、今彼は目の状態が悪いのでそれに関しての新稿を書くのは難しく、といって電話で聞き取り文章にするという作業を私がこなせる自信はないので、彼と同じ動員先へ通っていた同級生故河野英通君（以下敬称略）からもらった書類を参考にし、徳岡の口添えも含めて私が書くことにする。

『教科書に書けない戦前、戦中、戦後』（東京図書出版会刊）などの著書もある河野は、母校北野高校のOBのリレートークで後輩達に話したものをプリントして送ってくれていて、当時の日記ではないが、当時の記憶を日記風に月日毎に書いていて、時系列を知る上で貴重な資料なのだが、郊外居住で大阪の大空襲などでの被害を受けていなかった彼らは、昭和二十年六月一日動員先で空襲を受けた。焼夷弾が雨あられと降ってくる攻撃を受け、建物の一部が炎上したものを、手押しポンプやバケツ・リレーによる必死の消火活動で消し止め、目のギョロッとした大阪鉄道局長（後の総理大臣佐藤栄作）から金一封、感謝状をもらったとのこと。しかし問題はその後の帰宅で、すべての交通機関が止まっており、彼らは西宮方面と池田、豊中方面が一団となり、阪神電車の伝法線の千鳥橋駅をめざした。以下は河野の文章による。

「……一面に焼野原で、まだ炎に包まれている建物もあり、道端には死体が転がっています。……千鳥橋の駅から線路伝いに歩き淀川の鉄橋も枕木伝いです。枕木を踏み外せば淀川に転落です。……淀川を渡っても両側は激しく燃えていました。風向きが変わったのか、黒煙が激しく吹きつけて目も開けられないほどになり、風の途切れ目に十メートル先まで一瞬見える線路は鉄橋になっています。しかし、このあたりに呼吸を詰めて渡りきれないほど広い川はないはずだということに意見が一致し、姿勢を低くし、鼻と口をおさえ、目をすぼめて足元の材木だけを見て走りぬけたこともありました。……大物駅は、駅舎が線路に燃え崩れる寸前に駆け抜けることができました。……」

六月七日にも電車が不通になり、同様の苦労をして帰宅したようです。

その河野が、六月二十六日には、和歌山の沿岸陣地構築現場にいます。そして、低空で火を吹きながら帰って行くB29を見ています。しかし、徳岡にも私にも、この墜落しそうな敵機を見た記憶がありません。だから交代交代に出かけた和歌山の陣地構築、このときは徳岡も私も河野とはいっしょではなかったのでしょう。（土井）

ここで、三島の日記に戻ります。

五月十一日（金）

和歌山県へ、向こう十一日間、陣地構築作業、宿泊訓練に出発す。午後一時和歌山より出発、西山東村吉礼において民家に一人ずつ分宿す。さあ十日間、終始敢闘せん。

この三島の五月十一日から河野の書く六月二十六日までは間違いなく北野中学四年生は、入れ代わり立ち代わり和歌山の沿岸陣地構築に出かけていたことになる。最後が何時だったかは不明なので河野の後に出かけた者もいたかもしれない。私は二回行かされた。多分五月と六月に、である。大阪の市内が焼けてしまい、防空要員の仕事がなくなってしまったので二回も行かされたのであろう。そして同期生の集まりのとき、和歌山での見聞が幾通りもあって、それは見た、いやオレは見ていない、などと議論になるのは、行った時期に違いがあるからなのだ。六月、何度も空襲を受け、三島の記述によれば、「三月で助かった級友も次々に焼け出され、この頃になると転校して行く者が続出、顔を合わした者だけ消息はわかったものの、そうでない者は誰がどこに動員に出ているのか、無事でいるのかさえわからない状態であった。」

その三島も、六月十五日の空襲でがんばっていた道修町の家を焼かれ近江八幡へ移ったのだった。彼は戦後大阪へ帰って北野中学へ復学した。しかし、同級生の一人太田元治君（医師）の場合は、六月一日の第二回目の大阪大空襲で我が家が焼失、岡山の親戚を頼って疎開し、岡山二中に転校しその動員先の工場へ通った。戦後もすぐには大阪へは還れず岡山で中学を終え、大阪へ帰った後母校の補修科に学んで大学へ進んだ。後日談だが、私たちの一年上の者で軍隊の学校へ行った者たちは戦後復員しても、その学年は一年繰り上げ卒業して還って戻るべき中学がなく、軍へ行っていなかった者は上級学校へ進んでいたがそこへも行けず、彼らのために補修科という予備校みたいなものが母校につくられていてそこで翌年の上級学校の入試を目指したのだった。公立の中学だから勝手にそんな補習科がつくられたはずはなく、大阪府として彼らのためにそのようなものがつくられたのであったろう。そんな混乱した時代を私たちは過ごした。

かくして、運命の八月十五日を、私たちはそれぞれの動員先で別々に迎えたのだった。

この経験は私たち北野中学の四年生のものだが、それは特異なものではなく、日本全国の内地の中等教育の同学年の者たちは、すべて似た状況下で似た暮らしをしており、そんな普通の中学生の見本の一つとして記述したものである。

（但し、沖縄においては中学生も地上戦闘に巻き込まれ戦わざるをえなくなって戦闘に参加し、女子さえ従軍看護婦隊、いわゆる「ひめゆり部隊」のなかに十五歳の高女生も含まれていたことは周知の事実である。また外地にいた中学生は異なった経験をされたであろうが。

余談だが、関西では和歌山県の紀伊水道への敵の上陸を予想し、そこに沿岸陣地を構築しようとしていた時期、関東では相模湾沿岸に敵が上陸してくると想定して陣地の構築を急いでいて、関東の中学生がそれに駆り出されていたかどうかは寡聞にして知らないが、当時徴兵検査の身体検査で不合格となり東大へ戻っていた三島由紀夫はその陣地構築に動員されていた。そして後に三島由紀夫が自衛隊で割腹自殺をする際に、その檄文を三島から託され全文を週刊誌に独占掲載することになる徳岡孝夫は、遠く離れた関西の和歌山で同じような沿岸陣地構築に動員されていたのだった。なお松本徹氏によれば、三島が入隊するはずだった加古川の陸軍部隊は比島にて壊滅したという通説は間違いで、この時期すでに外地の戦場へ兵士を運ぶ輸送船が失われていて、部隊は内地にとどまっていて相模湾の陣地構築にあたっていたのが真実だという。松本徹「キーン氏のこと」季刊文科七八号所載、による。）

（書きおろし）

染め変えられる過去

徳岡孝夫

若者が「エッ、日本はアメリカと戦争したの？」「どっちが勝ったの」と問うと伝え聞いて、老人は慨嘆する。流した血はもう忘れられたのかと泣く。嘆くなかれ、忘却はむしろ健康の証(あか)しである。

沖縄の「ひめゆり部隊」の物語を聞いて、今年は「退屈した」と言う人がいたという。そういう話を聞くと、糸満の洞窟で死んだ肉親を持つ者は堪(たま)らないだろうが、人は昨日を忘れることによって明日を生きる。

戦後六十年を機に「あの戦争」が改めて語られ書かれている。私は今回がおそらく最後だと思う。戦後七十年には、語れる人はあらかた死んでいる。命ある者の記憶は断片になっている。

私は「真珠湾40年」のハワイを取材したことがある。日本が奇襲したとき軽飛行機でホノルル上空にいた人、撃沈された戦艦の乗組員、現場へ走った新聞記者などが生きていた。彼らの記憶は鮮明で、きのうのことのように語った。だが今年もし行けば、もうダメだろう。語られるのは現在の色に染め変えられた過去であり、もはや無色の歴史ではない。

「あの戦争」も同じである。

終戦の詔勅を、十五歳の私は西大阪の工場地帯にある鉄道用品庫で聞いた。それに先立つ数か月は、空襲と機銃掃射の日々だった。旧制中学生だが勤労動員され、鉄道員になって働いていた。あす死ぬかもしれないが、大多数の日本人は運命の素直な子だった。国が戦っているのだ。死んで当たり前だと思っていた。

それから三十年後、私はベトナムで再び負け戦を見た。一度だけだが、もう二度とないと思っていた空襲にも遇った。「あの戦争」の空襲被害者はお許しいただきたい。頭上の敵機を仰ぎつつ私が感じたのは、一種懐旧の情に似たものだった。

勝利から三十年、今年（二〇〇五年）の四月、ベトナムの老将軍たちは、よほど嬉しかったのだろう。口々に「あの勝利」を語った。一九五四年ディエンビエンフーの勝利にまで語り及ぶ執念深いやつさえいた。共産主義から逃れようとして死んだ何万ものボートピープルは、彼ら「勝ち組」の念頭にはないらしい。

戦争は、必ずしもエエもんとワルもんがいて起きるのでないことは、人間同士のあらゆる争いから類推できる。勝者は記憶の風化を見計らいながら、過ぎし戦争を自分好みの色に染め上げる。

毛沢東に会った田中角栄は、「重大な損害を与えた責任」を認めて詫びた。毛は笑って「謝る必要はない。日本が攻めてくれなければ、われわれは（蔣介石）に勝てなかった」と言った。

中・韓は日本の侵略を言い募るが、満洲事変の性格は『完訳　紫禁城の黄昏』（祥伝社）を読めば一変する。しかし日本は極悪非道だと言い張る人の袖をとらえて説いても、いまさら改宗しないだろう。徒労である。

私は七月二十一日、夏の昼間に一人で靖国神社に参拝した。拝殿に立つと、奥の方から涼しい風が吹いてくる。不思議だった。

（「週刊新潮」二〇〇五年八月）

昭和二十二年、大阪駅前

徳岡孝夫

この話は、何かの理由で昭和天皇を憎んでいる方には、読むに値しない。あの戦争は天皇に責任ありと信じる方々、いわゆる従軍慰安婦問題の最終責任は昭和天皇にあると信じて記事を書いた新聞記者。そういう人々には、これは三文の値打ちもない話である。縁ない文を読んで時間を無駄にされないよう、前もって申し上げておく。

また以下に述べる話は、私の見聞や感想ではない。それは私の旧制中学時代の同級の友が書いて本にし、送ってきた自分史からの引用である。ただし、私がその本を受け取ってから三ヵ月足らずの間に、彼は卒然として世を去った。私の手に残った一冊は、期せずして彼が現世に残す遺作になった。

もう少し早く電話一本かけていればよかったが、取り返しがつかない。私の方にも、思うに任せぬ事情があった。

いずれにせよ、彼は自分が目撃して書いた大阪駅前の出来事を、できれば多数の日本人に向かって語りたかったであろう。私はそう忖度し、折あらばと機会を待った。さいわい興味を示してくれる編集者がいたので、この原稿を託すことにした。

昔の同級生といっても、卒業してから六十二年、われわれは一度も会ったことがない。名前が記憶に残るだけで、同年齢の赤の他人と呼んだほうが正しいだろう。

私はまた、五十年前の一回を除いて、母校に帰ったことが一遍もない。米国留学の前に「ハイスクールの成績証明を出せ」とフルブライト委員会が言うので、中学から高校へと昇格していた母校へ証明書を貰いにいった。

裏の通用門から入ると体育の時間らしく、昔われわれが銃剣術をやっていた運動場で女子生徒がバレーボールをしている。ブルマーのゴムに締めつけられた白く逞しい太股を一瞥し、私は再び母校を訪れる意欲を失った。我が時代、五年間の旧制中学も三年間の旧制高校も、生徒はすべて男だった。小学校を出て、それ以上の教養を求める女は女学校へ、さらに女専へ行った。

話は現代に戻る。私は昨年末、近所の総合病院で悪性リンパ腫と診断された。ガンである。「ウチには血液内科がないので」と、ＪＲで二駅先の鎌倉市大船にある大病院に紹介され、入院した。それが二〇〇九年三月三日、雛祭りの日のことだった。

私は、もはやいつ死んでも不足のないトシである。このベッドからあの世へ旅立つのか。半ば死を覚悟して入院した。最初の二ヵ月ほどは寝たきりだった。だが、近頃のガンは必ずしも死へ一直線とは限らない。ガンも複雑になった。

担当医は抗ガン剤の点滴による治療を始めた。一つのコースに三週間かかる治療が、第一から第六まで六コースある。一つのコースが終わると、三日から一週間の休みがあり、自宅への一時帰休が許される。患者を統合失調症に似た精神状態へ持っていく強烈な薬物の注射だから、ときどき休ませないと患者の体が持たないのではないか。

六月に帰宅したときだった。急ぎの郵便物は、そのつど家族が病院に届けてくれるが、留守中に来た雑誌や本は書斎の机の上に積み上げてある。その中に一冊、自費出版の本があった。「半生記覚書　吉村武」と表紙にある。全三百三十四ページ。自分史の中でも分厚い方である。便箋三枚の手紙が挟んであった。

「北野で同期の吉村武です」と、手紙は始まっている。大阪府立北野中学のことを言っている。はるか昔に成績証明書を貰いに行ったとき、すでに男女共学の高校になっていた。吉村武は、薄(うっす)らとだが憶えている。しかし前述のように、私は一度も同窓会に出たことがない。従って自分の記憶が信用できない。

五月二十一日付のその手紙を、私は最後まで読む根気がなかった。とりあえず本の方を開き、ルーペを当ててみた。しかし読む気力・体力がない。薬物のせいで、本を持つのさえ億劫な有様であった。抗ガン剤による打撃に加え、私は二十数年前の頭部手術のとき視力の大半を失い、読書には健常者の何倍も難渋する。読めないものは仕方がない。私は破った封筒を捨て、本を他の本の山の上に載せた。もし退院して元気が戻れば読もうと思った。封筒と一緒に、吉村君の住所と電話番号を捨ててしまったことに、そのときの私は気が付かなかった。

病院に戻って、再び連日の点滴と輸血、採血が始まった。まだ続くのかと無力感と絶望が襲ったが、八月に入ると主治医の声の調子が変わった。

「第四のコースは終わりました。状態は、かなり良くなっています。一応退院してくださって結構です。あとは通院でやりましょう」

死刑囚が執行猶予の宣告を貰ったようだった。私は同室の人々にそそくさと挨拶し、八月五日に退院した。

書斎に戻って机の前に落ち着くと、目の前に吉村君の本がある。病後の倦怠感を跳ね除けて身を起こし、とにかく本に挟んだままの手紙を読んだ。

雑誌『諸君！』巻頭に貴兄（私のこと）が長年書いてきたコラムを愛読してきた。その連載が終了とは残念だ。また、悪性リンパ腫とのこと。小生も四年前に頸部にコブが出来、国立病院の血液内科で余命一年と告知された。その後の薬剤療法で今日も生きているが、貴兄とは原発部位こそ違え同病相励ます仲である。自分は五年ほど前にパソコンを購入し、練習を兼ね自分史の前半を書き上げ一冊にした。同封の本がそれだ。読んでもらえれば幸いである云々。五月廿一日。

私はルーペを手に、彼の自分史を読み始めた。手紙が届いてから、すでに二ヵ月半が経っている。

吉村君は昭和四年八月、大阪・天満（てんま）の臼屋（うすや）町に生まれた。天満は、西鶴や近松の作中にしばしば出てくる古い大阪である。昭和五年だが早生まれの私は、吉村君が滝川小学校から北野中学（いま高校）に進んだとき同級になった。『女の一生』の森本薫、先日長逝した森繁久彌、少し遅れて『真空地帯』の野間宏が、同じ時期に同じ校舎に学んだ中学校である。

吉村君について、私の記憶はごく怪しい。彼の顔かたちもハッキリとは浮かばない。私も昔を全く憶えていないわけではないが、自分の過去を調べようと志したことなど一度もない。

吉村君は私と異なり、父方・母方、祖父母、もっと先の先祖の出自や職業を、丹念に調べている。ときには十六世紀のことにまで遡って掘り起こしている。過去に関して私が印象派なら、彼は細密画を描く力戦派の画家である。私は驚嘆した。自分史を書くのもラクじゃないなと感じた。

彼は中学在学中に海軍兵学校の入試に合格し江田島に行ったが、われわれが四年生のとき戦争は終わった。吉村君は復学してきた。

終戦直後の食糧難では、仮に米穀通帳を持って東京へ行っても（親戚でもいない限り）配給では食っていけない。吉村君はそういうときに東京の園芸会社に職を得て、働きながら慶応の文学部を出た。

人生を語る自分史は、自慢話の羅列にならない限り面白いものだが、吉村君のは付き合いきれないほど詳しい。病後の私はすぐ読み疲れた。「またにしよう」と半ば決め、本の後半をパラパラとめくった。そのとき、ふと「大阪駅前」「天皇陛下」という文字が目をうった。家系の話とは縁のない言葉の取り合わせである。何だか自分史にはそぐわない単語であった。

ルーペを握り直して読んでみた。吉村君の本の四ページ弱に当たるその箇所を、私は以下に原文のまま引用する。引用した後に短く、死ぬ前の彼と私の交信を語りたいと思う。

*

その頃の話、生涯一度だけの出来事だが、天皇陛下のお顔を直接この目で見、ほんの五米(メートル)ほど先に、陛下ご自身の声を我が耳にした。昭和二十二年六月初旬、昭和天皇が大阪巡幸されたときである。

この日の昼近く大阪駅正面の本屋旭屋書店から出て歩いていると、大勢の人の群れが押寄せ、歩道一杯に溢れて「テンちゃんが来た」と口々に叫んで走ってきた。その人波に攫われたか押されたかしていつのまにか、駅前通りから復員局の構内へ紛れ込んでしまった。いや正確には、復員局改め海外引揚援護館の正門から構内へ、野次馬大勢と一緒に雪崩(なだ)れ込んでしまったのである。門扉はすぐ閉ざされ、構内広場は群衆が溢れて立錐の余地なく、正に蒸し風呂のような暑気熱気だった。

やがて援護館内の行事が終わったらしく、沢山の人がぞろぞろ出てきたが、何せ、広場は群衆で一杯、ご一行も正門から出られそうもなかった。制服の護衛官たちが出て何か叫んでいるようだが全然聞えない。暫くすると、広場の真ん中から「静粛々々」の小声が小波のように広がり、それにつれて群衆もバタバタと屈み出した。僕もそれにならい、腰を下ろし膝小僧を抱えて屈んだ。そして頭を上げると、何と、群衆が作った円陣の真ん中に、天皇陛下がたったお一人で立っておられたのである。

陛下の前は僅か二人の護衛官が群衆に向き合っているようだったが、側近の多くは外遠くに離れていた。

そんな無警備状況の真っ只中に、地味な背広姿の陛下が背中を丸め加減に立っておられたのである。そして時々帽子を二、三回振られては、傍近くに坐っている人達に向かい「ご苦労、ご苦労」と会釈されていた。その様子、取り巻く我らは腰を下ろしたまま固唾を飲んで見守るばかり、誰も声を立てなかった。そうした中で、陛下は傍近くにいる一人々々に声掛けられていた。よく透る声で丁寧に「戦地は何処」とかを訊ねられ、「アそう、アそう」と頷かれたあと、「これからも頑張って下さい」と同じ言葉を何度も繰り返されていた。殆どが復員姿だったので戦地からの引揚者と思われたのかもしれない。

その場の雰囲気は端緒シーンとして緊張気味だったが、いつの間にか和らいで、陛下も次第に気軽に話されている様子だった。そのうち側近に急かされ帰っていかれたがそのとき皆立ち上がって、誰言うとなく一斉に「天皇陛下万歳」を声高く唱えたあと、手を振りあげて見送った。歓呼に応えられた陛下は幾度も立ち止まっては振り返られ、帽子を高く上げて応答されていたが側近に促されて漸く小豆色の車にお乗りになり、去っていかれた。僕は五米と離れていないところ、いわば咫尺(しせき)にして陛下を仰ぎ見た訳だが、お姿は崇高というより温厚篤実な村夫子(そんぷうし)然としておられるように見えた。畏れ多い表現だが、実際そう見えたのである。

思うに、天皇陛下はそれまで雲の上の方、戦後人間宣言をされたというが、日本で御一番高貴な方に違いない。その陛下が穢い復員姿の引揚者の群れの中へ無警備で入られて、一々丁寧に優しく受け答えされるとは想像だにしなかった。戦争に負けたため海外から引き上げた人達も、さぞ心荒んでいる筈、中に恨みに思うのがいても不思議はない。そんな物騒な連中の真っ只中に陛下一人お立ちになれば、格好の標的。狙われたら一溜まりもない。無事済んだのは何よりだったが、思えば危険この上ない状況だった。それをも顧みず、群衆の中に入って行かれたのは陛下ご自身のご意志だったに違いない。

ともあれ陛下は微笑を湛えて、お喜びの様子だった。これを見て何んとも痛ましく思い、また何んとなくほっとした。図らずも、この情景に接した僕は、それまでのモヤモヤが晴れて一変、右翼ならずとも尊皇派になったらしい。

この出来事の日付を忘れてしまったため長く胸三寸にしまっていたが、滅多にない出来事として書き残そうと思い、当時の新聞を繰り調べた。

僕の記憶にある大阪駅前の古びた建物は復員局、そう固く思い込んでいた。陛下関西巡幸時の新聞で「復員局お立ち寄り」という記事ばかりを目を皿にして探したが、ある筈がない。つまり復員局は復員業務が終了したため、既に「海外引揚援護館」と名称変更していたのである。

そこで改めて昭和二十二年六月六日の大阪毎日新聞（行幸第三日〈六日〉の御順路図）にある「海外引揚援護館」のところを仔細に読み、当時の情勢を記憶の奥底から引っ張り出すことができたという次第。

しかし翌日の新聞には予定されていた海外引揚援護館における行事を報道しているだけで、僕がこの目で見、我が耳で聞いた記事が載っていなかった。あのような雑踏の中、それに予定外の中で何があったのかを知る術がなかったかもしれない。或いは無警備だったのを、わざわざ報道するまでもないと考えたのかもしれない。

いずれにせよ、僕の生涯において一度だけの奇遇事は昭和二十二年六月六日午前十一時前後に起きた史実だが、今や僕だけの史実になったらしい。今時では考えられない光景であった。

（以上吉村稿）

＊

私の知る大阪駅前は、およそこの世に例のない、散文的な場所である。今日デパートが入っている高層ビルは、戦後期には夢にも存在せず、従って美しいショーウィンドウなど一つもなかった。阪神百貨店は「阪神マート」と呼ばれる、低層の建物だったと思う。大阪市電の電停とバス停が並び、大阪市内を走る市電、市バスのほぼ半数以上は大阪駅前が終点だった。埃っぽく、潤いの全くない場所。戦時中はそこに婦人が立って、千人針への協力を呼びかけていた。戦後、本屋の裏の焼跡は、露天やバラック建ての闇市になっていた。

駅の北口にフラナガン神父「ボーイズタウン」の受付所があったのは憶えているが、復員局や援護館の位置を私は忘れた。しかし、およそ礼儀を正して天皇を送迎するには不適当な、雑踏の巷である。いつ不測の事態が起きても不思議はない。人だけがむやみに多い。

天皇は、そこへ援護館から出てこられた。誰かに刺し殺されても、人々は地べたに腰を下ろしたまま、無言で見守っていたことだろう。当時すでに「虚脱」と呼ばれていた、明日なき群集を包んでいた全き無気力。大阪駅前には、それが漂っていた。

お互い相手の不幸を「見る」ことしかできなかった。天皇は、そういう場に一人で放り出され、見て尋ねた。群集は答えた。地面に坐っていた数百人いや千人以上は、天皇との会話によって突然虚脱から醒め、命令もされないのに起立して万歳を叫んだ。すべてを咫尺の間に見た若かった吉村君は、僅々(きんきん)数メートルの距離から、その大阪駅前の出来事を見た。六十年余を隔てて、いまそれを書いた。私は時と共に流れた一連の動きに、感じるものがあった。

昭和天皇の戦後の地方ご巡幸は昭和二十一年の神奈川を皮切りに、二十九年には沖縄を除く(本土復帰の前だった)全国に及んだ。炭鉱の坑道に立つ天皇、小学校の校庭で帽子を振っている天皇、無数の写真が残っている。

巡幸とは別に、感謝祭や国体へのご出席があった。迎える民は、「テンちゃん」と呼んでも、巡査に引っ張られることはなくなった。軽蔑の呼び名ではない。テンちゃんには、天皇への親近感がこもっていた。少なくとも最初の頃、天皇にとって巡幸は捨て身の行為、命懸けの行動だったのである。しかし、斃(たお)れても構わないと思っておられたのではないだろうか。

昭和天皇の逸話には、天皇の誠心誠意を語るものが多いが、それが大阪駅前という「儲かりまっか」の都の雑踏の中であったのだ。天皇陛下万歳の叫びが起こったのを、今の人は軍国主義教育の誤れる成果だと片付けるだろう。だが、そう見る現代の日本人が、どれほど万古に通じて不変の教育を受けているというのか。

五ヵ月間の入院から一応解放されて帰宅したので貴著を読んだ、大阪駅前の話にはとくに感動した、ラフカディオ・ハーンにも上熊本駅前の出来事を書いたいい短篇がある、と私は書いた。病後のことであり、葉書一枚を書くのに全力を振り絞った。

ハーンの『停車場で』は、松江から熊本に移って旧制五高で教えていたハーンが、上熊本駅前であった出来事を語っている。

駅前に集まった群集。四年前に熊本で強盗殺人をした犯人が捕まり、護送される途中に巡査の剣を奪って刺し殺し逃亡していた。そいつが福岡で捕まり、熊本に送られて来るという。

汽車が着く。手錠を打たれた犯人が警部に引かれて群集の中へ出てくる。と警部は、ねんねこで幼児を負ぶった婦人の前で立ち止まり、諭(さと)すような声で幼児に話しかける。

「坊ちゃん、これがな、あなたのお父さんを殺した男ですぞ。よくごらんなさい、この男を。あなたは、あの時まだお腹んなかにいなすったんだったね。(犯人に向かって)おい、顔を上げろ。おいやだろうが、こりゃあ、あなたの務めなんだからね。ようく見てやるんですぞ」

幼児はつぶらな目を開いて、犯人をじっと見る。見続ける。数秒、数十秒……犯人は手錠されているのを忘れ、へたへたとその場に坐りこむ。

「坊ちゃん、堪忍してくんなせえ……」

ハーンのこの話は上熊本駅、吉村君の見て物語る場面は大阪駅。駅と駅の連想で、私はハーンを思い出したのだった。どちらも人間の「見る」という行為が現実を固定する役を果たしている。

ハーンは東洋的な出来事だったと書いている。同じように大阪駅前の天皇と民と天皇陛下万歳を指して「そう叫んで戦死した人民もいるのだ。民をねぎらうより先に従軍慰安婦を謝れ」と言う人がいるだろう。そういう人とは、私は共に語ることができない。熊本が東洋的なら、大阪駅前の光景を私は日本的なものだと思う。

葉書一枚だけだから、そういうことまでは書けなかった。ハーンの作を思い出すとだけ私は書いた。

ところが、いざ葉書を出そうとすると、いかんせん吉村君の住所がない。それがかいてあったはずの封筒は、二ヵ月前の帰宅時に破って捨ててしまった。

本の奥付に発行人の名と住所、電話番号があったので電話をかけた。発行人は快く教えてくれ「吉村さんは、同じ教会に属していますのでよく存じ上げています。立派な方です」と、しきりに言った。聖公会の信者さんらしかった。私は宛名を書き、家族に頼んで投函してもらった。吉村君からは返事が来なかった。病後の私はぼんやり、どうしたのだろうと思った。

一週間ほどして、吉村君からファックスが来た。ほぼ同時に私の葉書が「お届け先不明」として戻ってきた。ファックスには、こう書いてあった。

「小生の住所は下記の通りです。返事が遅れたのは八月七日が小生の誕生日、傘寿とかで刺身など生ものチーズなど醗酵製品（かび）を食したため、その後発熱し、未だに家で寝ている始末。矢張り医者の指示を守らないといけないようです。取り敢えずお知らせまで」

彼の自分史の発行者からも、正しい住所を知らせるファックスが来た。私が電話したとき言い忘れたのか、それとも私が聞き落したのか、私の葉書の宛名は所番地までで、マンションの部屋番号がなかった。吉村君は東京都の立川市に住んでいた。

葉書を封筒に入れ、別に一筆書いて再送しようとして、私は昭和天皇の御行為が似ているのは、ラフカディオ・ハーンどころではないのに気付いた。葉書に添える手紙を書き直した。

「きみは焼跡の中、人ごみの大阪駅前で無警備の天皇が民に話しかけるのを見て感動しただろう。私は『万葉集』巻頭にある、雄略天皇作と伝えられる一首を思い出した。『籠もよ　み籠持ち　掘串もよ　み掘串持ち　この丘に菜摘ます児　家聞かな　告らさね……空みつ大和の国

は　おしなべてわれこそ居れ……』という、あれだ。
天の香久山か畝傍山か、天皇は大和の優しい丘に登って春草を摘む乙女たちを見た。『どこから来たの』『あ、そう』と話しかけた。『私はこの国を治めている者だよ』と名乗った。橿原の春草萌える山と戦後まもない埃まみれの大阪駅前と、場所こそ違うが日本の君臣は、古代からそういう仲だったと私は思う。きみを感動させたのは、きみの中を流れる日本人の血ではないだろうか」

吉村君からは、依然として何の便りもなかった。『万葉集』になぞらえたのは書き過ぎかなと、私は一抹の不安を抱いた。

そのまま日が過ぎた。九月六日の夜の九時頃だった。書斎の電話が鳴って、出ると「吉村でございますが」と、女の声だった。

私は一瞬「あなた、徳岡さんよ。はい」というセリフがあって、受話器が吉村君の手に渡されるんだな、まだ病床にいたのか、と思った。ところが声の主は変わらなかった。

「吉村は亡くなりました。ただいま、お通夜を済ませて帰ってきたところです」

私は言うべき言葉がなかった。宙を探るようにして、やっと「私の手紙は届きましたか」と問うた。

「はい、届きました。間に合いました。吉村はとても喜んで、子供たちを枕元に呼び、御手紙を朗読いたしました。おい聞け、ここに俺を分かってくれた友がいる、と言って……。何度も何度も読んでいました」

「そうですか。そりゃ良かった。ほんとに良かった。私も書いて良かった。嬉しいですよ」

何度もそう言って喜びたかったが、友が死んだ晩にあまり嬉しがるのも不謹慎だと気がつき、二度ほどで止めた。卒業してから、ついぞ会ったことのない級友、見たこともないその奥さん、他に話す材料がない。

「奥さんも大阪の方ですか」

「いえ、東京です。働いていた職場で知り合って……まあ親友同士が結ばれたようなものでした」

「そうですか。私も長い入院から出たばかりなので、外出は出来ません。お悔やみにも参れません。しかし彼は手紙を見て、喜んでくれたんですね。良かった。本当に良かった」

短い会話だけで電話を置いた。

吉村君は、私の著書を本屋ででも見たのだろう。おお徳岡は書いているのかと思って、自分史を送ってきたのではあるまいか。発行人に聞いて、電話一本かければよかったが、彼はすでに病床に伏し、私も電話を持ち上げるのさえシンドイ病後だった。会って話せば、一晩や二晩では尽きぬ会話があっただろうに、とうとう声を聞かずじまいだった。

しかし彼は、私の手紙を読んで喜んでくれた。喜んでから、何を急ぐのか足早に去っていった。人の世には、こういう別れ方もあるのだろう。吉村君との永別を、そう考えるより仕方がなかった。

（「文藝春秋」二〇一〇年一月号）

昭和二十五年、神戸三宮駅前
(「阪神オンリー・イエスタデイ」第一章)

土井荘平

「しっかりしてや。何も酔狂であんたみたいな学生サン雇うたん違うでぇ。ジェーン台風で家が壊れるわ、お父さんは死にはるわ、大変やろ思うたんや。分かってるやろ。分かってたら、シッカリしてくれなアカンがな」

鼻の先で、主人の顔が目を剝いていた。

昭和二十五年師走の夜風が表の通りをピュウピュウと走っていて、ラジオからは、美空ひばりの新曲「越後獅子の唄」が流れていた。

売り上げの現金が足りないことを、主人はなおもくどくどと言い、修一は胸を詰まらせていたが、主人の叱責のせいではなく、唄のもの哀しさに感情移入していたのだった。

「まあ明日からは気ィつけてや。寒いさかいな、チュウでもひっかけて早う寝なはれ」

主人は百円紙幣を突き出して、

「商売は商売。これはこれ、別やがな」

彼の手に押し付けると、潜り戸を出ながら、

昭和二十五年、神戸三宮駅前

「戸締まりと火ィ、気ィつけてや」

修一は二階へ上がった。建具がガタガタと震えた。神戸三宮の高架下、頭の上を電車が通って行ったのだ。彼は寝床に潜り込んだ。

九月三日、大学の夏休みが終わり、明日は登校しようと思っていた前夜だった。焼け跡に建てたバラック家のトタン屋根がフアフアと口を開けた。父と彼が天井を張っていない屋根裏の梁に綱をかけ支えていたが、突然、吹きめくられ、屋根が飛んだ。父が倒れた。

遠慮は要りまへんでえ、と言う隣家の榎本の言葉に甘えて一部屋を使わせてもらっていたが、父は高熱が続き、急性肺炎だった。三日後に呆気なく息を引き取った。

カネコ、兼子、と空襲で死んだ娘の名を呼んだ父の最期のうわ言が修一の耳を離れない。

修一は応急修理したバラックに独りでいる母の姿を脳裏に浮かべた。寒いだろうなあ。

どこかでサイレンが鳴りはじめ、やがて高架を揺るがせて轟々と列車がやって来た。

震える戸障子、揺れる電灯、サイレンの音、列車の響き、修一は思わず布団を被った。

ブウッー、ブウッー、断続するサイレンが不気味に響き、地軸を揺るがす轟音が、バラバラと防空壕の土を払って上空を通り過ぎた。家は焼かれ、防空壕が住居になっていた。また来た、と思った途端、目を閉じて伏している修一の瞼を貫いて強烈な光が閃いた。

姉が帰ってきていない。修一は防空壕を飛び出した。見上げた行く手の空、B29の編隊が近づいてきて、その腹から吐き出された爆弾が、見えた、と思った。修一は倒れこむように地に伏した。

ヒュルヒュル、ヒュルヒュル……空気を切り裂く音が空から落ちてきて、そして、強風が頭から足へと吹き抜けた。顔を上げると、周囲は黒い空気に包まれて、あちこちに人が這いずりまわっていた。

ようやく見つけた姉の兼子は、圧し潰された防空壕からうつ伏せに這い出そうとしたまま、絣の着物の背が血にまみれ、もう意識はなかった。修一が旧制中学四年の時だった。

姉の顔を思い浮かべていると、いつの間にかその顔は別の顔に変わっていた。クラブKのダンサー。修一は別の想いに熱くなった。

そうだ、もうそろそろKも閉店だ。彼は起き上がってジャンパーを引っ掛けた。

夜更けの高架下は、昼の喧騒が嘘のように、しぃんと静まり返って、修一の靴音がこだまして響き渡った。

さあ彼女に会いに行くんだ。だが彼はその人の名も知らない。そして彼女は修一を知る由もないのだった。主人を呼びにKへ行った夜、思わず我を忘れた。姉を見たと思った。だがそれは眼がくぼんでいるところが似ているだけだとは気が付いた。姉も修一も目がくぼんでいて、彼の学校での仇名は奥目だった。父も奥目で、姉も修一も父に似ていたのだった。姉に似ていると思ったのは、そのくぼんだ目のせいだったと気が付いたにもかかわらず、修一は奇妙な熱い想いになった。彼女が阪急に乗るのを知り何度も三宮駅へ行った。

昭和二十五年、神戸三宮駅前

阪急ビル一階のコンコースには東の入口から入ってくるのも知っていて、その入口の傍で彼女を待った。

今夜も柱にもたれて立つ修一の、視線が流れた市電の通り、乾ききった埃の群れが、師走の夜風にクルクル舞っていた。

夜の勤めの女たちがぞろぞろと流れ込んできて、「来た！」修一は全身の血が逆流するような陶酔感にしびれながら、その人を食い入るように見詰めた。

その女は、修一の顔にスウッと視線を流して、やや褐色がかった彫刻的な横顔を閃かせて通り過ぎ、コンコースを西端中央の幅の広い階段へ向かって真っすぐに歩き、上層階の阪急電車の改札口へとその階段を上り、みるみる階段の上へ消えて行った。

彼女の後を追ってきた修一はその背を眼で見送り、階段を見上げたまま動かなかった。

あの子、いつも私を見ているような気がする。時々見かけるちょっとかわいい子。何か眼に翳のある子。美千子はふと気になった。

彼女を乗せて、電車は高架を走って行く。遥か山手に暮らしの灯が無数に潤んで、彼女に帰る部屋を思い起こさせた。真っ暗な六畳、冷たい寝床に潜るだけ。

小高い丘上にある大邸宅の一室を借りていた。夫と息子を戦争で失った未亡人が、生活のために二階の六部屋全部を単身女性だけに貸していた。小綺麗な家具付きの部屋だったが、二階にもあるトイレ、キッチンが共用のわりには高い部屋代にか借主はほとんどが水商売の女性で、男の訪問は禁止ではなかったが、同居人を認めない契約だったからか、入れ替わりが激しく、店子同士は顔見知り程度の付き合いしかなかった。

父母も弟も戦争に奪われ、独りぼっちで五年を生きてきた。一つの恋があった。店の客の中村雄二という復員学生。夢を見た。しかし、亡くなった父が沖縄出身だと言うと、なぜか彼の顔色が変わった。よそよそしくなった。そう感じた。琉球を差別する男だと知って急速に醒めた。美千子は身籠っていた。しかし、別れる決意をした。産もう。この子と生きて行こうと決心した。だが流産してしまった。それから一年、ただ呆然と生きてきた美千子だった。

背で男の声が朝鮮の戦況について話し合っていた。米軍の基地になっている日本は空襲されるかもしれぬという。父母と弟が広島で灰になった。今度は私の番かも。死んでもいいわ、もう。いつか父の故郷沖縄を訪ねたい。そんな夢も消えていた。沖縄は米軍に占領されたままだった。

電車が駅に着き、また動き出して、おやっ、美千子は目を見開いた。前の扉から乗ってきた男、女連れの雄二なのだ。

美千子は前に立ちはだかった。彼の眼を見上げながら、美千子は平静だったが、一瞬雄二の視線はそわそわと揺れ、小声で、「歌だけでなく踊りもはじめたんやて」

傍の女に気兼ねしたらしいその語調に、美千子は頭に血がのぼってくるのを感じながら、

「そうよ、ヌードよ。名前もマリアに変えたわ。何か文句あるの」

連れの女は素知らぬ顔で窓に向いていた。岡本駅に着くと、雄二は女を促し、そそくさと降りて行った。

六甲颪にコートの裾を煽られながら、美千子はゆるい勾配の坂を上っていて、とんだ王子様だわ。雄二に抱かれながら、私、地方回りの劇団で少女歌劇のような踊りながらの芝居やってた頃ね、どこかに私の王子様がいるはずだって、いつもそう思ってたわ。そんなことを言った自分が恥ずかしかった。

見上げた夜空に青白い細い月が出ていた。美千子はなぜか三宮駅の男の子を思い出していた。二つ違いだった弟のくぼんだ長い睫毛の眼を思い出していた。

戦争が終わり独りぼっちの美千子は、母の兄を頼り山陰まで行ったが、厄介者扱いされた。美千子の母は一家親戚全部が、沖縄の男と結婚するなんてとんでもないと反対し、母はそれに逆らって父と一緒になり、それからは一度も帰っていなかったのだと聞かされて、出て行けがしの扱いで、沖縄人はまるで違った人種のように蔑まれた。上原なんて日本人と同じ名つけて、明治になってからつけたのね、きっと。普通は沖縄の人は、比嘉とか玉城とかの名でしょう。上原って名で普通の内地の人間って思われたでしょう。あっ、そうか、その顔立ちじゃあ琉球って分かるわね。などという嫌味も言われた。上原って姓、沖縄に多いんです。言っても無視された。農作業にこき使われて辛かった。都会育ちの美千子は居たたまれず飛び出した。沖縄には父の親戚もいるのだが、連絡の取りようもない米軍の占領下で、美千子はまるで根無し草のように漂う思いで過ごしてきた。

夜が明けると暖かくなった。将校だったという長靴を履いた卸の客が、朝鮮情勢について榎本と話しているのを、ブラウス、肌着、靴下などが並ぶ売り場に立って修一は、ぼんやり聞いていた。

「日本も危ない。基地になってるんやから」

「なあに、大将、そうなったら面白うまんがな。今度はチャンス、逃がしまへんでぇ」

「だけど、ご主人、チャンスの前に……」

と客の声は弱々しかった。

正午過ぎから、手を伸ばせば届きそうな高架下の狭い通りは、人の波となった。

修一は、微笑で揉み手、いつしか身に付いた仕草を繰り返しながら、いつまでこんなことをしているのかと情けなかったが、しかし、と言って、大学で再軍備反対のデモに参加していたことなど遠い思いだった。

客を送り出した途端、修一は息を呑んだ。

あの女、あのひとが、店先に立っていた。

彼女は陳列品を見回すように店内へ入って来たが、修一の前は素通り、修一は頬に血がのぼり、身体が硬直して立ち竦んでいた。

下着を買うつもりで店へ入った美千子だったが、目の前に立っていたのは、あの子、だった。素通りして女店員の方へ行った。彼が自分を意識しているのに気が付いた。

彼女の後ろ姿がアッという間に人混みのなかに呑まれて行った。表に出てその後ろ姿の残像に呆然としていると、肩を叩かれた。

「こんなところでバイトしてるんか」

姉の幼馴染で、中学の先輩の中村雄二が立っていた。

「俺も大学へ戻ったんや。この先のM、あそこへ放出品、納めてバイトしてるんや。お茶でも飲みに行こうか」

「行きたいですけど、抜けられませんわ」

「学校、どうしてるんや」

「いや、今どうしようもないんです。父が死んで、母も病身なんで」

学徒兵で戦場へ行き、噂では、戦犯になって現地で服役していたという雄二だった。

彼が修一の家を訪ねてきたのは、その復員直後だったらしいが、兼子の最後の様子だけを聞いて帰って行ったのだった。

昭和二十五年、神戸三宮駅前

「銀行へ行ってきてんか」

榎本の声に、雄二は背を向けて言った。

「いっぺんゆっくり会おうや、また寄るよ」

トアロードを南へ歩きながら、彼は姉兼子の恋人だったに違いない。彼が入隊する直前の夜、夜更けになって帰宅した姉は、雄二さんに会ってきたのね、と尋ねた母に返事もせず、思い詰めたような怖い顔だった。修一はあの時、無性に雄二が憎かったのを思い出す。

彼は身なりもよくて、彼のようなブローカーといわれる仕事をしたら、学校へも行けるかもしれない。しかし、どうやったら出来るか分からなかった。

目の前をジープが走り抜けて、ＭＰの白い鉄帽がガードの方へ飛んで行った。


あの子が、レースのパンティ、買うていきよった。思い出して榎本はケッケッと奇妙な声を出して笑った。

あの娘はＫの裸踊りの子や。色はちょっと黒いがすべすべしたええ身体しとった。ちょっとエキゾチックな顔立ちのあの娘、抱いてこましたろ。また笑い声が口から出た。

一度に何人もの客が店に入ってきて、榎本は笑顔で店頭に立って行ったが、客は何も買わずに出て行ってしまった。ゾロゾロ歩いてやがって、どこへ行きやがんねん、と売上をチェックしたが、まだ三万だった。

戦後闇商売からはじめて、大阪駅前と神戸に店を持ち、卸小売兼業、一時は面白かったが、次第に難しくなった。卸の客は古い暖簾の問屋の掛売り商法に現金卸は劣勢になった。安くしないと対抗できなくなり、自然利益率が下がった。小売も商品さえ並べておけば売れる時代は過ぎて、品揃えの豊富な大きな店に客は流れた。前途は暗かった。

じゃあどうすればいいのか分からず、ほんまにもう、あの娘でも抱いてこまさんことには。などとまた思った時、電話が鳴って大阪の店員からだった。

「当分休ませてもらいます？　今日はドナイしたんや。行ってぇへん？　ほんなら何で朝一番に電話してくれへんねん。この師走に店が開いてぇへん、いうことやないか。アルバイトも店の前で待ってるんちゃうか」

荒々しく受話器を置いた。

その時修一が帰ってきたが、

「何してんのや。もっと早う帰ってきてんかいな」と声を荒げ、「大阪のが、来てへんのや。年末やちゅうのに。これから行って、店、開けてんか。明日から当分大阪の方、頼むわ。毎日ワテが帰りに寄るよってな」

追い立てるような榎本の早口だった。

修一は身の回りのものを取りに二階へ上がりながら、もうあの人と会えなくなる。ふと淋しさが心をよぎった。

昭和二十五年、神戸三宮駅前

その修一の後ろ姿を見上げながら、ほんまにもう、あの娘でも抱いてこましたろ。榎本はまた胸の中で呟いて、二階へ声をかけた。

「今晩は適当に閉めて、こっちへ電話で売り上げ報告して、夜間金庫へ入金して帰りなはれ。大阪の夜間金庫、知ってるやろ」

美千子は客の中へ踊り込んで行った。店長よりの要請を受けて、劇団で鍛えた踊りもするようになっていたのだった。時には胸もあらわに出した。特別手当が出て、美千子は毎日でもよかったが、店長は、焦らしたほうがいいと時々しか許さなかった。胸を出しても何ということもなかった。開き直ってみれば、かえって男たちの垂涎の視線が快かった。君臨しているような思いになれる時間だった。

固唾を呑んだ男の顔、顔、顔。美千子は、自分の腰の直ぐ前の、禿げ頭の男の顔をなぶるように逆撫でた。彼女の手の中で、脂顔が息を殺して笑えぬ笑いを笑っていた。

踊りが終わると、ボーイがチップを手に呼びにきた。逆撫でてやったばかりの男だった。

「ワテ榎本言いまんねん。高架下と大阪駅前に店持ってま。洋品屋だす」と、その男はいきなり自己紹介する性急さだったが、それにも増して性急に、「あんた、こんな店やめなはれ。ワテにお世話させとくなはれ」

このあまりの性急さにはちょっと驚いたが、毎夜のように誰かに誘われていた。またかと、

「考えとくわ」

すると、「ほんまに、考えといてや。ほんまやでぇ。ワテゆっくりしたこと嫌いやねん。明日うちの店へ来てえな」と名刺を出した。

美千子はロッカーで、その名刺を丸めて屑篭へ捨てた。

昭和二十五年、神戸三宮駅前

昨夜のそんなことは忘れていて、美千子が三宮駅の改札口を出ると、街は師走の匂いであった。高架を潜ろうとし、あの子にパンティを選ばせてやろう。彼女は変なことを思いついたが、店に彼の姿は見当たらず、奥を覗いていると、記憶の隅にあった赤ら顔が飛んで出てきて、あっ、昨夜の禿げ頭や。思い出した時には、もう、「ほんまに来てくれたんかいな。さあ、入って、入って」

押し上げられるように上がった二階で座ると、「不自由はさせへんがな」と男はいきなり手を取りにきて、だがあの子に会えなかったということ、そのことが何故か重く胸に沈んでいて、拒む理由が消えてしまったような感じになって、美千子は手を払わなかった。

この男は三国人だったかしら。高架下の店は戦後の闇市が発祥で三国人の店が多いと聞いたことがあったのだった。まあどうでもいいわ。どうせ私も琉球人なんや。

彼女は何か疲れ果てているような自分を感じた。楽になりたい。そんな気がした。轟々と頭

の上を列車が通って行った……。

店を閉めた修一が、我が家の軒先に着くと、内職の母が、廻す糸車の音。カラカラ、カラカラ。継ぎはぎの窓のガラスが切なかった。

次の晩も、カラカラ、カラカラ。寝床でその音を聞いていると、スウッと眠りに入りかけた。その時、姉が彼の前を素知らぬ顔で通り過ぎ、そしてその横顔は、あのダンサーに変わった。目が覚めた。動悸が激しかった。驚く母を背に、修一は靴を履いた。

しかし、三宮駅、彼女は階段を上って来ず、終電車の中、虚しさが身に沁み渡った。

その翌日は、雨が小止みなく降り続いた。榎本が、今日も寄れぬと電話してきて、修一は店を閉め、また三宮へ向かった。

ホームの階段際に立って、修一は待ったが、今夜も彼女は現れず、ベルが鳴り、その時、雄二がよろけながら階段を上って来て、倒れ込むように乗り込んで、酔眼で、

「俺は、兼ちゃんと会いたいばっかりに、本当のこと、言うてしもうたんや。具志堅が死刑になるなんて。具志堅、すまん、もう出て来んといてくれ」

「なんのことですか」

「俺は、学生サン、って古参兵に呼ばれて、サンづけで呼ばれながら事あるごとに殴られた。色黒の具志堅は、沖縄土人、と殴られた。あいつとは殴られ仲間やったんや。民家へ掃討で入

るとき、いつものことやけど、おい、沖縄土人、行け、俺は止められんかった。戦争やったんやないか。やらなかったらやられる。しょうがなかったんや具志堅も。敵が居るかも分からん家へ入るとき、いつもピリピリしてた、俺だって。具志堅は動いた影に反射的に間違って撃ってしもうたんや、民間人を。そやけど、帰ってきたら民間人の兼子かて殺されてるやないか。なあ、具志堅、もう俺の夢に出て来んといてくれ。俺、沖縄人と会うたびに、その後ろにオマエが見えるんや」

それでも、電車が岡本駅に着くと降りて行き、ゆらゆら揺れながら歩いて行った。

雄二の胸から離れないらしい戦争の傷痕は、そのゆらゆら揺れる雄二の後ろ姿の残像から修一の胸にも重く沈んできていた。

終電らしい阪急電車の音が駆け抜けて行き、寝床の榎本を背にして、美千子が窓際に立つと、雨に煙る遥か下方、電車の窓の灯り、その連なった灯りが、光の棒になり、みるみる細くなって、東へ滑るように去って行った。

大阪へ行こうかな。美千子はふと思った。大阪港に近い大正というところに沖縄出身者が多く住んでいる地域があって、沖縄料理店や沖縄産品を売る店などもあると聞いて行ってみたのだが、なんとなく緩やかな街で、ふと心が和むのを感じたのを思い出していたのだった。

（筆者追記　これは「阪神オンリイ・イエスタデイ」〈「季刊文科」七八号所載〉の第一章のみにて、昭和二十五年の一風景として、収録させていただきました。）

曽根崎署の幻

徳岡孝夫

十三階段は、死刑台に通じる階段である。東条英機ら七人のA級戦犯は、昭和二十三年十二月二十三日の早暁、巣鴨拘置所の十三階段を上って絞首刑になった。そのとき旧制高校生で、朴歯（ほおば）の下駄を鳴らし紅萌ゆる岡の花など放吟しつつ京洛の大路を逍遥していた私も、新聞に出た短いが陰鬱なニュースを見た。

戦犯に限らず人間いかに悟達しようと、死ぬのはやはりコワイ。一段ずつ階段を踏みしめる。断ちがたい現世への執着を断ち、処刑一瞬の苦痛の後に待つ来世への平安へ心を切り替え、覚悟を決める。長すぎても短すぎても適当でない。キリスト教では不吉な数字だが、誰が考えたのか十三の階段は、ちょうど程よい段数である。

かって私が日ごと上り下りした十三階段は、それほど厳粛なものではなかった。十三段を上った先に、絞首台よりは冷厳さにおいてやや劣る留置場、通称ブタ箱があった。それは大阪駅および「キタ」と呼ばれる繁華街を管轄する大阪府警曾根崎警察署の表玄関である。時はA

級戦犯処刑から八年後、私は入社四年余でサツ回りを命じられた新聞記者だった。

昔の警察は悪者を畏怖せしめるため、わざと入口に物々しい階段を設け、警察側から見れば潜在的犯罪者である庶民を高みから睥睨（へいげい）していた。今日バリアフリーが流行（はや）っているが、そのころの世間は建築学的にも心理的にも「バリアフル」だったのである。

事件だ、クルマまわせ！　と社会部に電話すると、三分以内に北やん（本名・川北某）運転のスチュードベーカーが社旗はためかせながら来て、交通規制も渋滞もない時代だから曾根崎署の前で大きくUターンし、ピタリ階段の下に付ける。十三階段の頂上に立つ私は、待つや遅しと駆け下りて、北やんの隣に這い込む。

「天六の先やねん」

「よろしおま」

それだけで話は通じ、私はたちまち天神橋筋六丁目の先なる現場へと赴いた。ほぼ五十年になる昔の話。新婚まもない妻のところへ、御近所の奥さんが手柄顔で「今朝、お宅の旦那さん、大きい自動車に乗って、大阪駅前を走ってはりましたわ。偉いもんでんなあ」と報告に来た時代のことである。

テレビ以前の話だから、曾根崎署回りの記者は活字メディアの四人か五人しかいない。S紙は、Kさんという年嵩（としかさ）の人だった。そのトシで、なぜ駆け出し向きのサツ回りをするのか、社内事情は不明だが、名門市岡中学の外野手として中等野球の甲子園に出たことのある元「球児」Kさんは、新聞記者をしながら母校・関西大学野球部のコーチを兼ねていた。シーズンになると、ときどき曽根崎警察（記者仲間の符丁ではネソ）から消える。きょうもコーチやってんのかなと思っていると、夕刊の〆切りギリギリにフラリと現われ「何もなかったか？」と訊く。

「ありました、交通事故。二重衝突です」

「それ、教えてくれぇ」とKさんはポケットから手帳を出す。

私は自分のメモ帳を開き、事故の時刻、場所、状況を読み上げる。Kさんは彼のメモ帳にそれを書く。新聞記事を書いた経験のない方は御気付きないだろうが、車と車の衝突なら記事は簡単だが、衝突したところへもう一台が突っ込めば、話が少しややこしくなる。書き方に工夫がいる。そもそもKさんは、「三台」の車が関係する事故をなぜ「二重」衝突と呼ぶか、なかなか呑み込めない方だった。しかも、いまノック・バットを置いてきたばかりである。記事の〆切りは近い。メモをとって記事を考えているうちに、だんだん混乱してくる。ついにKさんは叫んだ。

「ええい面倒くさい。文章で言うてくれ、文章で！」

私は命じられた通り「ほな行きまっせぇ。X日午前X時頃、北区X町何丁目の道路で……」と、文章にして読み上げる。Kさんは公廨（こうかい）の真ん中に立ったまま警察の電話をつかむや否や、聞いたままを自分の記事として自社の社会部へ吹き込む。そういう訳でS紙の夕刊には、ときどき私のとよく似た記事が載った。なお公廨とは大阪府警独特の用語らしく、警察署に入ってすぐの、カウンターのある大部屋を指す。落し物その他の届け出から人を殺したときの自首まで、諸事万般を受け付ける広い部屋のことである。一番奥のカナメの位置にある机に、署の次長が座っている。

何ぼ何でもサツ回り十年以上とは可哀想やと上の人が気付いたのだろう、Kさんは間もなく松山支局長に抜擢され、栄転した。ヒラから一挙に支局長！　サツ回りの最中に、社からの電話で昇進内定を聞いた彼は、世話になった中央方面各署の刑事係に「このたび松江支局長になりますねん」と、挨拶して回った。みんなが、我が事のように喜んだ。

ところが南署の刑事課長だけは、すでにS社の本社の誰かから、Kさんの大抜擢とその異動先が松山支局である旨を聞き込んでいた。胸を張って挨拶に来たKさんに、課長は言った。

「Kさん、あんたの行き先は松山でっせ」

「そんなこと、あらしまへん。ちゃんと松江や言うとりましたがな」

「ウソやと思うなら、本社に電話してみなはれ。自分の行き先間違うたら、どんならんがな。えらいことになりまっせ」

警部は机上の電話機を指差した。彼の目の前で本社にかけたKさんは、静かに、やや悄然と受話器を置いて呟いた。

「間違うてました。四国の松山でした。海外ですわ」

何はともあれKさんは、サツ回りを卒業した。彼のためには、めでたい人事異動だった。

ネソ回りの中にもう一人、ちょっと毛色の変わった記者がいた。Y社のYさんである。私などより少し年上、もう、三十代の人だった。どう毛色が違うかというと、彼だけは大阪弁を喋らなかった。テレビが標準語を日本中に広める前だから、彼の東京弁は異様に聞こえた。またYさんは、ほとんど取材ということをしなかった。気の向いたときだけ車で二つか三つ警察をグルグル回り、そのままどこかへ行ってしまう。だいたい朝が遅い。ただ月に一度か二ヶ月に一度、私が九時過ぎにネソに入っていくと、Yさんは次長席の横の椅子にかけてボンヤリしていた。見るからに手持ち無沙汰である。

「Yさん、早いですね。どうしはりました?」

「いや、なに、正力が来たんだよ。大阪駅まで早朝のお出迎えってわけさ。ヤツはこちらに知った者がいないんでね」

驚いた。正力松太郎といえばY社の社主である。絶対的な帝王だと聞いている。Y社の大阪本社は東京本社とは別会社で、東京に比べれば社員の待遇も落ちる。甚だしい東京偏重の社風だそうである。正力が来るのなら、重役以下多数が大阪駅前へ出迎えに行っているはず。ヒラ記者のYさんが、早起きして行かねばならないんだろうか? それにYさん、ホントに正力を知っているのか? 遠くから目礼するだけじゃないんだろうか?

私など、自社の社長の出迎えはおろか、顔を見たことすらない。

Yさんの少しニヒルがかった風貌と物腰には、ゆえあって親分から勘当され、長い草鞋をはいている兄ィという感じがあった。何でしくじったのか、親分の勘気が解けるまで、捨て扶持もらって大阪でくすぶっている。ただのヤクザではなく、落魄の渡世人。次郎長が大阪で駕籠から出ると、平つくばる大政小政のはるか後方で、片手を上げて親分を拝んでいる遠州森の石松。まあ、そういう役回りのように思えた。

事件もなければ事故もない、世の中無事平穏、記事になるものが何もない、という日がたまにある。朝のうちから幼稚園回って美談を拾いに行くのも億劫だ。そういう日には、われわれは何となくネソの記者室に集った。

中央官庁の記者クラブのような、大層な部屋ではない。十三階段を上って公廨に入るとすぐ右手に、畳を敷けば六畳くらいの小部屋がある。それがネソの記者室である。机一つを囲んで椅子が五つか六つ。茶碗も薬缶もお茶もない。ネソの内線電話すら入っていない。

「やるか？」と誰かが言い出し、誰かが応じれば、いずこからともなく花札が現われ、コイコイが始まる。ケツに敷いた座布団を机の上に置いて、それが賭場になる。

昼間のバクチはあっさり終わるが、ときには深夜、朝刊の〆切り前にメンバー全員が記者室に集まることがある。コロシか何かでサツ側の発表待ち、などというときにそうなる。被疑者の自供が手間取り、コイコイは延々と続く。発表があり、それを送稿した後も続く成り行きになる場合がある。KさんやYさんらベテラン記者は、車で自宅まで送ってもらえるが、われわれ若僧の乗る終電は、とっくに出てしまっている。仕方なくコイコイで夜の明けるのを待つ。署内は静まり返り、コイッ！　と叫ぶ声はドアを突き抜けて公廨に響き渡る。ときには刑事が記者室を覗いて、言う。

「ちょっと大人しゅうやってもらえまへんか。すんまへんけど、いまバクチの被疑者、連れてきまんねん」

その間だけ、われわれは声を潜めた。低い声で気合を入れつつ、ボロ座布団に思いきり花札を叩き付けると、布団から一瞬ポッと小さく埃が立つ。薄暗い電灯に、その埃がハッキリ見えるようになると、夜明けは近い。

そういう記憶のこもった十三階段が、消えてなくなっていたのである。久しぶりに大阪に行って、曾根崎署のあるべき空間を見た私は、目を疑った。感傷に駆られて言うのではない。ネソは万古不易のものだと思い込んでいた。昔よくあった鉄製の貯金箱のように、ネソの建物は十三階段を含め、壊そうとしても絶対に壊れない、頑丈な建物に見えた。

あれを壊したんだろうか？　まさか。私は半信半疑でネソに近付いた。行ったというより、ほとんど吸い寄せられた。

遠くから見た通り、十三階段はなかった。歩道からバリアフリーで入っていける場所に、普通のオフィスの入口と同じような入口があった。久しぶりや覗いたろと思って入りかけると、「ちょっと、ちょっと、どこへ行きますか」と、私を呼び止める者がある。私服の巡査が立っていた。

「どこへ行くいうて、ちょっと公廨まで」

「用事は？」

「べつにありません。ボクは五十年ほど前にこの警察を回っていた新聞記者です。当時の署長は岩井寿九郎、通称ジュクやん。刑事課長は島津。昔は、誰にも咎められずに署長室まで行けた」

「そんなこと言われても、あんた、時代が違いますよ」

「なぜあの頑丈な曾根崎警察署を壊したんですか」

「そら、あんた、調書とってる最中に鉛筆を机の上に置いたら、コロコロと転がり落ちまんねんがな。建物全体が歪んでました。そこらじゅう地下鉄や地下街、掘りまくりましたさかい」

「はー、あの建物が傾きましたか。私がここ回ってたのは、権善五の事件のころですわ。東海銀行ギャング事件。そのときはまだネソの本番ではなかったが、宮城道雄さんが死んだときはネソ担当やった」

「さよか。古い話でんな。ミヤギいう人は知らんけど、私はこないだ東海銀行事件の新聞記事を読みました。あんた、あれは人権侵害も甚だしい書き方ですよ」

「驚いたね、警察官から人権侵害を批判されるとは。普通は警察が侵害して、私らが暴く側ですよ」

「いや、あれはヒド過ぎます。在日はみなワルもんや、いう書きかたやし、被疑者は呼び捨てにしてるし」

「そら、あんた、現行犯やから当たり前ですよ」

「きょう日は、そうはいかんのですわ」

権善五の事件は白昼ピストルを使った銀行強盗だった。彼はたしか、まず近くの交番の巡査を射殺し、北浜の東海銀行支店に入って四百万円の札束を奪い、通りがかった車を止めて柴島浄水場の近くまで逃げ、運転していた人を射殺して広い浄水場の中へ逃げ込んだと思う。一大捜査網が敷かれ、警官隊との間に撃ち合いがあった。

夕方になって刑事が物陰に潜む権を発見、格闘してねじ伏せた。犯人が取り押さえられた、もう大丈夫と見た次の瞬間、刑事の上からかぶさって犯人にいっそう圧力をかけるという形で、「逮捕に協力」した巨漢の新聞記者がいた。それほど警察も新聞も、興奮し狂奔した数時間だった。権は死刑判決を受けた後、刑務所で病死したと聞いた。私は第一現場へ走っただけの端役だったが、あの社会部挙げての興奮の中で出来上がった記事は、さぞ人権お構いなしだったに違いない。いま読めば、刑事も呆れるシロモノだろう。

宮城道雄さんが亡くなった日の方は、年表に出ている。昭和三十一年六月二十五日。私はネソ担当、さきに言ったいわゆる本番で、従って曾根崎署の手がける管内の事件を他社に抜かれれば、責任を問われる立場にあった。

東京と大阪の間は夜行列車で行くのが常識だった時代である。宮城さんは寝台列車で大阪に向かっていた。その日午前三時ごろ、愛知県・刈谷駅を通過したところでタラップから転がり落ち、病院に運ばれたが亡くなった。昔の汽車すなわち国鉄の長距離列車には自動ドアがなく、うっかりデッキの戸を手で引けば、そこはもう列車の外だった。宮城さんは寝台から出て便所へ行こうとしたが、便所のドアと思ったのが外に出るドアだったので、半睡半醒のまま転落したらしい。死亡に至る経緯は、そのように説明された。

宮城道雄といえば箏曲の第一人者である。正月元日、ちょうど日本全国の家庭が屠蘇を祝っている時刻にラジオから流れる曲は、毎年きまって、彼の演奏による「春の海」であった。いわば日本に正月を運んでくる人である。門弟は宮城会をつくって、全国いたるところにいた。「水の変態」という美しい曲の作者でもある。線路の脇に転がっているのを薄明の中で貨物列車の運転士が認め、轢死体らしいものがあると刈谷駅に報告したので救助隊が行った。レールの傍らに横たわる宮城氏はまだ生きていて、姓名を名乗り、担架の上で「病院はまだですか」と訊いたほど意識があったが、頭部挫創のため　病院で落命した。

以後何年も、長距離列車が刈谷駅に着くごとに「春の海」がプラットホームのスピーカーから流れた。

幼時に失明して全盲の宮城氏が、便所と間違えて車外へのドアを引いて踏み出すはずがないと、同行中の女弟子が疑われたこともあった。だが、それは後日のことである。日本中が敬愛している箏曲家の死は大ニュースではあるが、大阪駅を管内に持つ警察署にはまず関係がない。私はいつものように中央方面のサツ回りを済ませ、ネソの公廨に座っていた。A新聞の記者が入ってきた。

「あー、しんど。きょうは朝からよう働かされた」

「何かあったんか？」

「宮城道雄は死んだけど、彼のお琴が大阪駅に着いたんや。物言わぬ、主なき琴の御到着だよ。旭区の琴屋を探し出して、夕刊に一本書いてきた」

「そうか。そらネタになるわなあ」と相槌を打ちながら、私はひそかに「これはいける」と感じた。感情を込めて巧く書いたら、夕刊の社会面トップにいけそうなネタである。

A新聞の記者が遠ざかるのを待って、私は我が社の社会部デスクに電話した。夕刊の〆切りまで三十分ほどという、きわどい時間帯である。

A社はもう夕刊に入れたそうですけど、と私の報告を聞いて、デスクはピンと来た。たちまち北やんの車が来て、私は旭区某町へすっ飛び、そそくさと取材するや公衆電話に飛びつき、原稿を勧進帳で送った。メモした住所氏名など簡単なデータだけをたよりの、宙で文章を作って電話送稿することを、当時の記者は「勧進帳」と呼んだ。緊急時だけに使う、奥の手である。
阪急梅田駅の売店でA紙の夕刊を買い、恐る恐る社会面を開くと、お琴の記事は不思議や載っていなかった。宮城氏についての各方面からの記事が多すぎ、ネソ記者の書いたものは紙面から溢れ出たのだろう。皮肉にも彼から無断でネタを頂戴した私の記事は、社会面の真ん中に大きく出た。デスクというのは、〆切りギリギリに入ってきた情報を、大ニュースだと勘違いしてしまう癖がある。その好例だった。

それから半世紀ほどの時間が過ぎ、宮城道雄の名さえ知らない私服警官は私を曾根崎警察署の中へ入れてくれた。昔よりずっと狭いが公廨に似た大部屋があり、壁に歴代署長の写真が並んでいる。私は老いた退職刑事のように腰を伸ばして見上げ、わが時代のジュクやんの雄姿を発見した。その傍の壁に昔の曾根崎署の外壁が、半畳ぶんほど切り取って貼りつけてあった。
嫁が実家に戻ったわけではないから、べつに感傷も感慨もなかった。ネソも過ぎ去った、自分もまもなく過ぎ去るだろう。あの頃はペレス・プラドが流行ってたなあ、と思い出しただけである。

ネソを出て、ちょっと地下街へ降りてみた。私の時代には存在しなかった、つまり曾根崎署が傾く原因になった地下街である。地上よりずっと混雑している。みな急ぎ足に歩いている。社会学者の観察によると、大阪人の平均歩行速度は世界で最も速い。むろん東京人の速度との間に、はっきり有意（ゆうい）の差があるという。大阪の人間は、せかせかと歩く。

私は人ごみの中を、戦前からの地下道のある方へ、ゆっくり歩いていった。私は半盲で、見える方も視神経が半ばやられているから、そろそろとしか歩けない、するとたちまち、社会学者の観察を立証しようという集団的意志の結晶なのか、東京ではしない体験をし始めた。

前後左右から気ぜわしそうな歩行者が来て、私にぶつかるのである。後ろから来て私のすぐ右側を追い越しざま、私が右手でついている杖を蹴り上げ、私の右前で九十度方向転換して私の進路を横切り、左の方へ歩いていく者がいる。杖を蹴飛ばすのが目的としか思えない。信じられない歩き方の人がいる。視覚障害者はみなそうだが、私も人に当たるや間髪を入れず「すみません」と、こちらから謝る。ところが大阪では先に謝っても、誰ひとり「あ！」とも答えてくれない。無言で蹴り、無言で去る。

誇張ではない。百メートルそこそこ行く間に二、三度またはそれ以上、頼りとする杖を無言で蹴られた。怖くなった。野蛮人の棲む国に来たと感じた。額に脂汗の浮くのが分かった。選りに選って生まれ故郷で、こんな仕打ちに遇うとは。

文句の言って行き場がない。私は蝸牛（かたつむり）の歩みで、勝手知った地下道の方へ進んでいった。戦前に小学校への登下校に通った地下通路まで来て、やっと少し落ち着いた。地上に出るエスカレーターに乗り、やれ嬉しやと無頼街区を通り抜けたと、左手でベルトをつかんで安堵の吐息をついた。次の瞬間、私は後ろから来た若い男に突き飛ばされた。大阪では、エスカレーターに立つ位置が、東京とは左右が逆だったのである。

早くホテルへ帰って、部屋で休もう。そのためには、大阪駅東口と阪急百貨店の間の広い横断歩道を渡らねばならない。戦争末期、空襲警報下を西大阪にある鉄道用品庫へ、毎日通った横断歩道である。勤労動員された中学生の私は、佐藤栄作大阪鉄道局長の下で鉄道員として働いていた。NHKがよく映す渋谷のような、大横断歩道である。昔も今も赤信号になると、両側に黒山の人が溜まる。

これを渡ればホテルはすぐだ。群衆に混じった私は、これも視覚障害者の常だが、虚空を探って前方の歩行者用信号を確認した。そのとき、ふと妙なもののあるのが目に入った。

広い横断歩道の向こう側の左上に、歩行者信号がある。いまは赤である。だが、その赤信号の右横に、赤く輝く数字が出ている。それがゼロに向かってカウントダウンしていくのが見える。目を奪われて眺めているうちにも、数字はどんどん減っていく。えっ？　あれ、なんやろ？　目が釘付けになった。まもなく信号が青になって人々が一斉に動き出したが、私は驚きのあまり足が前に出なかった。青信号を一つ遣り過ごし、目を凝らして観察を続けた。

カウントダウンは六十五秒前から始まる。60秒、55秒、50秒と、五秒刻みで減っていく。20、15、10、5……ゼロになると同時に数字は消え、歩行者用信号が青に変わる。だがカウントダウンを見上げる群衆は、数字が30あたりになる前後から集団のエネルギーが高まり始める。ジワーッと群衆全体の気分が前へ傾き、フライング気味に動き出す。そしてカウントダウンが消えるか消えないかのうちに、堰を切ったように車道へ踏み出す。その呼吸、まるでオリンピックの百メートル決勝のスタート・ダッシュである。

はは ァ、これが大阪というものか。勘の鈍い私も気が付いた。梅田は大阪一の大ターミナルで車も多いが、赤信号も終わりごろになると、前を横切る車の数はやや減る。車がおらなんだら、信号が何色であろうと渡ってかめへんやないか。そう考えるのが大阪人特有の理屈という か意識下を支配する意識である。従って人間のマッスがジワジワと前へ、にじり出る。ついには先頭の人が押し出され、青信号に安心し「はよ渡ったろ」とスピードを上げて走ってきた車にはねられる。

私の推測だが、実際にそういう事故が何度もあったから、曾根崎署の交通係が知恵を絞って、歩行者用信号の横にカウントダウンを付けたのだろう。しかし、あと何秒で横断歩道の信号が変わりまっせ、もうちょっと待ちなはれ、人間辛抱が肝心でっせと、歩行者を押し留める町が、世界に二つとあるだろうか。大阪に倣った町はあるかもしれないが、カウントダウンを設置したのは大阪が元祖ではなかろうか。

大阪弁では「おまえ、イラチやなあ」と言う。大阪に住む人々は、世界でも希（まれ）なほど苛立ちやすいのであろう。杖をたよりに歩く盲者をも容赦しない、あの強烈な突き飛ばし、その背後にあるエゲツナイ損得意識。一刻も早う、一銭でもぎょーさん儲けたろ、儲けな損やという精神。ソロバンずくの人生観。それが信号の変わるのを待つ間も胸の内に燃えているから、大阪人はせかせか歩き、おとなしく青信号を待てないのだろう。

歩行者信号が青い間は、カウントダウンの数字は消えている。赤になると同時に、また65から数え始め、数え下がっていく。私は一つ待って二つ目の青信号で向こう側に渡り、ホテルに向って歩きながら考えた。我が人生もまた、このカウントダウンのある横断歩道に似ている。身はこちらの岸にあるが、このトシだから遠からず彼岸へ渡るであろう。生きている者の目には見えないが、三途の川の手前には生者一人当たり一基の信号が立っていて、それが赤く輝きながら残る人生の持ち時間を刻々カウントしている。私の場合、残る年数はもう10か5、いや5以下かもしれない。いやいや、そういうことを言い出すのなら、人生そのものを死刑台に上る十三階段に譬えた哲学者もいた。

5という数字が消えるのを待ち構えて踏み出し、足元が濡れるのを構わず浅い静かに淀んだ川を渡ってしまうと、そこには一足先に彼岸へ渡ってしまった妻が、海老茶色のプリメーラを川岸に停めて待っていることでしょう。思えば生前何十度いや百度以上も、彼女はそういうふうにJR港南台駅の裏手に車をつけ、一日の労働に疲れた私を拾ってくれたものでした。「あ、ありがとう」彼女が生きてたときと同じように、私はドアを開けて彼女の隣に滑り込みましょう。

もう少しの辛抱です。生きている限りは喜怒哀楽、食事の心配、原稿の〆切りや税金の納付期限その他から解放されることはないのだから、愚痴はよしましょう。ほらほら御覧、カウントダウンがみるみる進んでいきますよ。あと、ほんの少しの我慢です。耳を澄ませば鐘の音も聞こえます。近松が「あれ数ふれば暁の七つの鐘が六つ鳴りて、残る一つが今生の鐘の響きの聞き納め」と詠んだ、その鐘の音。

昔から曾根崎には、カウントダウンがあったのです。ほら、すぐその先、ネソの向こうにある曾根崎の暗い森、お初天神のあたりで、女を追う男が剃刀を喉に突き立て、柄(つか)も折れよとえぐって死んだ、お初と徳兵衛を弔う鐘です。鐘は、元禄の男女にだけ鳴ったのではありません。いま生きている、ぼくやあんたのためにも、同じ音で鳴ってるんです。そう、あれ数ふれば鐘の音の……寂滅為楽とひびくなりと申します通りにね。

(「文藝春秋」二〇〇五年八月号)

守り袋と動物ビスケ
（昭和者がたり、ですネン）

土井荘平

法善寺（ほうぜんじ）の西門から水掛け不動への小路を歩きながら、佑介（ゆうすけ）は、ふと瞬間、「夫婦善哉」の前を行く男の姿が脳裏に見えたような気がした。

猫背の小柄な老人。自分自身の姿だった。

近頃よく見るようになった夢に似た瞬間だった。

佑介は、古希を過ぎた頃から明け方によく夢を見るようになった。亡き父母や友人知人ですでにこの世にいない人が登場したりし、しかしそんなとき、それは過去の思い出ではなく、そこにいる自分は今の自分という非現実的なもので、ところが夢の中では、そんな非現実なシチュエーションにまったく気がついていずに普通に談笑している自分がいるのだった。

それが、喜寿もとうに過ぎた近頃は、目覚める前の夢の内容が変わってきた。

高校へ入って忙しくなったのか時折しか来なくなった隣駅に住む孫娘と、公園で遊んでいたりする現実的なものになった。二歳、三歳と可愛い盛りには同居していた孫だった。夢とうつつとのあわいで、脳が、願望を絵にしているのかもしれなかった。

寝て二時間もすれば必ずトイレに起きる。その時はまた直ぐ眠ってしまうのだが、外が白んでからもまた目覚める。もう起きてしまっていい時間なのだが、にわかに現実が意識に戻って来ようとするその時、佑介はもう一度眠りたいと願う。

旅先で心臓発作を起こしたことがあり、頓服薬を常時持っているこの何年かで、もう仕事もなく無為に暮らしており、ほかに考えることがない故もあって、また発作が起きるのではないかという不安から解放されるのは眠っている時だけだった。

そんな不安な一日がまたはじまるという思いもあって、もう一度寝ようと思い、二度寝をしてしまうのだ。だがその眠りはきっと浅いものに違いない。だから現実に近い夢になるのかもしれない。と佑介は思ってみたりしている。

そしてもう一つ、最近の覚えている夢の特徴は、自分自身の姿を見ている自分がいる、ということだ。

歩きながら、佑介は、おやっ、起きている時にも、こんな幻覚を見る脳になったのかな、ふと思った。最近の夢のように、歩いている自分の姿が見えたのだった。

これも脳の老化が進んだせいかなと思った。この頃遠い昔のことはよく覚えているのに、つい数日前のことが思い出せないことがよくあるのだ。

関東に住みついた子供たちに招ばれて、生まれ育ちそして老いた大阪を離れて以来十数年、今彼は久しぶりに、大阪ミナミを歩いているのだった。

先日中学の同級生で、中年で関東へ転勤になり、定年後もそのまま関東に住みついている友人と電話で話をしていて、しぜん、昔話、大阪の話になって、「お互い流浪の徒や。望郷の念止み難しや」なんて言いながら、一度焼けて復興した法善寺横丁の話になった。

「思い出にじむ法善寺……か。あの横丁も変わったやろなあ。道頓堀も変わったらしいぜ。川の側に歩道が出来て歩けるようになったらしい。ほら、あの安売りの店、ドン・キホーテの大きい店ができて、上に観覧車が回ってるらしい」

「へえぇ、その観覧車、どこから見えるねん」

「そら、あのへんの橋からなら、どこからでも見えるやろ。太左衛門橋とか」

友の言葉に、佑介は界隈の風景を思い浮かべた。

ケバケバしいネオンの洪水、蟹や河豚の大仰な看板がひしめく道頓堀のすぐ裏だが、ひっそりとしていて、二人並ぶと路を塞ぐような狭い石畳の道の両側に小さな居酒屋などが並んでいる横丁、そして北へ出て、道頓堀通りを横切ると道頓堀川に架かっている太左衛門橋……。

「大阪へはタマに帰ってるけど、いつもキタでうろうろしてる。親の墓も北の箕面の寺やしなあ。ミナミは、十年前大阪を離れる時に行ったきりや。懐かしいなあ」

そう言いながら、佑介は、大阪へ行って、あの横丁を歩いて、太左衛門橋を渡ろう、そう決めたのだった。

猫背の小柄な老人、佑介は、苔むした水掛け不動の前から北へ、突き当たりの東西の小路、法善寺横丁へと歩いていて、先日友人に話したことを思い出していた。

「あそこには強烈な思い出があってなあ。学生時代のことやった。難波から日本橋の傍まで行こう思うて、真っ昼間の法善寺横丁、歩いててな。裏道を通って斜めに行こう、思うたんや……あの横丁の中程で、前方の道頓堀からの横道から出てきて行く手へ曲がって行った女を見て、びっくりした。血が逆流したみたいな気ィした。どうしてももういっぺん会いたい、そない思うてた人やったんや。えっ、誰やって。耕治、オマエ、分かってるやろ。そうや。あの人やがな……久子(ひさこ)姉さん！　呼ぼう、思うたんやが、声が出えへんかった。そうや、あの久子姉さんや。……昭和二十年、中学の三年やったなあ。正月が過ぎて、オマエは陸軍、オレは海軍の学校に合格して、その入学まで勤労動員の工場サボって盛り場をウロウロして、当時不良少年を取り締まっていた教護委員に誰何されても合格電報さえ見せればお咎めなしやった。二人で千日前(せんにちまえ)の大劇(だいげき)へ通いつめたなあ。来る日も来る日も舞台を見つめて、いや舞台の上のあの人を見つめて、ハネると待って、二人であの人を送って行ったやないか。北へ歩いて、道頓堀川の橋を渡って。なあ耕治、あの橋、たしか太左衛門橋やったなあ……」

「家族が疎開して独り住まいやったあの人の家の前で警戒警報のサイレンが鳴って、彼女が心配やったから二人で上がり込んだら空襲警報まで出て、三人で身を寄せあって床下の防空壕に入って、ドキドキしたなあ、あの時は。状況も状況やったけど、二十歳のあの人の匂いにもドキドキして、なあ耕治、オマエもドキドキしてたやろ……あの頃、オレは四六時中あの人のことを思うてた。軍へ入隊してあの人と会えんようになるのが辛うなった。苦しうなった……オマエもきっとあの人のこと、好きで好きでたまらん、オレとおんなじ気持ちになっとったやろ。それは分かってたから今まで言わへんかったんやけど、実はな、オレ、入学前に、あの人の家に泊まったんや……」

「その夜何があったって？　それは言われへん。いや、何もなかった。いや、何もなかったけど、いろいろあったんや、オレにはな。オレは吹っ切れた。心が決まって大阪を発った……」

話しながら、佑介の瞼の内で、いや脳裏であろうか、動画が見えていた。

少年は娘の家で、娘と差し向かいで、夕飯を食べていた。二人っきりだった。

娘の炊いた、珍しい白米のご飯だった。

卵とチリメンジャコをも娘は工面してきていた。

「絶対に、生きて、還るのよ」

彼女は、自分が身に着けていたお守り袋を少年に手渡しながら、強い口調で言った。

しかし、彼女は、少年が生きて還れるとは思っていなかったに違いない。

少年もまた、当時の戦況に、もう生きて還ることが出来るとは思えなくなっていた。炎に包まれて墜ちて行く機中で、死に直面した自分が、この人の名を悲痛に叫んで、この人の顔を思い浮かべて……。

まだ肌の温もりがほのかに残る守り袋を握り締めて、少年の胸の底からこみ上げて来るものがあった。彼はあわてて立ち上がり、表へ飛び出した。

外へ出ると同時に、声を上げて泣き、泣きながら、走った、走った……。

少年が彼女の家へ戻って来た時、

「お風呂、沸かしたわ」

娘が言った。

薪で沸かしていた。劇場では楽屋の風呂で湯を使えたが、燃料の不足に家で常時風呂を焚くのは難しくなっていた。僅かな湯で行水まがいに体を洗い拭うのがやっとの毎日だったが、この日、彼女は、貴重な薪を焚いて風呂を用意したのだった。

彼女は立って障子を大きく開き廊下に出て、その先の板戸を横に開いた。そこは浴室で、中の浴槽まで一直線に少年の眼に入った。

その廊下で、娘は障子を閉めようともせずモンペを下ろし、上着を脱ぎ、肌着も取って一糸まとわぬ後ろ姿を見せて、ゆっくりと浴室へ向かって行った。

燈下管制で部屋の電灯には黒い布の覆いがかけられていて、真下だけが明るく、周囲は薄暗かった。その薄暗さの中、彼女の後ろ姿の裸身は後光が射しているようで、少年の眼には眩しかった。電灯に覆い布がつけられていない浴室はパアッと明るかった。

彼女は浴室の戸を閉めなかった。

少年は瞬きもせず、娘を凝視していた。

娘は浴槽に浸かり、浴槽を出て、身体を洗い、また浴槽に入った。

少年の視線を浴びて、素知らぬ顔で、常の如く入浴していた。濡れた裸身が光り輝いていた。

娘がふと片手を上げた時、一瞬、黒い艶やかな茂みが、眼に飛び込んで、少年は、息を呑んだ。

二人は何の言葉も交わさなかった。

彼女が衣服を着て、少年の傍へ戻って来た時、彼はまだ呆然としていた。

「どうぞ」

彼女は低く言って、目を合わさなかった。

少年は、廊下に出ると、障子を閉めて、服を脱ぎ、浴室に入ると戸を閉めた。洗い場で小さな腰掛に座った。また何かこみ上げてくるものがあった。

と、後ろの戸が開いて、

「背中、流してあげる」

彼女が入って来た。少年はあわてて立ち上がろうとしたが、彼女の手が後ろからその両肩を押さえた。

「男でしょ。シャンとしなさい」

「がんばるのよ。生きて還れるように、ウチ、毎日神さまに祈っていてあげる」

少年は、頭の中が、真っ白になっていた。

警戒警報のサイレンが、鳴っていた。少年の意識の隅で遥か遠くで鳴っていた。

少年の左脇後ろに彼女は立ち、その左の足が、少年の眼の下にあった。

柔らかい、小ぶりな、白い素足が、濡れて光っていた。

その白い濡れた素足を見詰めていると、何か滾るものが、彼の全身を、電光の如く、駆け抜けた。

彼は、この人のために、この人を護るために、死ぬ。喜んで死ぬ。この瞬間、心も身体も、そのすべてで、そう思った……。

「戦争が終わって帰ってきたオレは、一面焼け野原のミナミにポツンと残ってた松竹座でやってた歌劇の舞台であの人を探したんやが見つからへんかった。家へも行ったんやが見渡す限り瓦礫の山やった……」

オレはウソを言っている。佑介はしゃべりながら、当時のことを思い出していた。

彼女の家のあたりが焼け野が原だったのは本当だったが、彼女は松竹座の舞台にいた。

客席の隅に座って一日中舞台の彼女を見詰めていたことが何度かあったのだった。

しかし、あの夜、があった以上、生きて還って来てオメオメ会いに行ってはならない、そんな思いで楽屋の出待ちもしなかった。遠くからそっと眺めていただけだった。そして、何度目だったか、舞台から彼女の姿が消えていたのだった。それが真実だった。

「それから六年も経ってるのに、あの人のこと、よう忘れんかった。忘れるどころか、よけい恋しうなってた。頭の中でどんどん美化して行ってたんやろなあ。戦後のオープンな世の中になっていろんな女と出会うても、久子姉さんより落ちる。そう思うてしもうて、もういっぺん、彼女に会いたい、そう思うてたんやった」

「前の彼女は東へ歩いて行く。久子姉さん、また呼ぼう、思うたけど、やっぱり声が出えへん。オレは後に尾いて行った……横丁を出たとこで、彼女は右へ曲がって歩いて行って、千日前通りの手前で、ひょいと喫茶店へ入りよった……ちょっと躊躇(ちゅうちょ)したけど、入りましたがな、その喫茶店へ……」

「いやっ！　と声を出して、びっくりしたような大きな目を見開いた久子姉さんの傍に、ちっちゃい子供がごそごそしとって、その店のママやった。それで、一巻のオワリ、やがな。それで、目が覚めた思いがした。ようやっと、少年を脱したチュウんかなあ……」

彼女は、あの時、あの夜のことを一言も話さなかった。佑介もまた言い出さなかった。彼女からあの夜のことは話をしないという光線が佑介に出ているのを感じていたのだった。

彼女がふと手を上げて、佑介の目が彼女の脇に行った。そこにはもう何もなかった。そんな時代になっていたのだが、彼女はあわてて手を下ろした、と佑介には見えたのだった。ポケットの中で握っていた守り袋を出すのを止めた彼だった……。

「妻とめぐり逢うた。家庭を持った。それから何十年、阪神間に住んでキタで働いて、そやから呑むのもキタ、北新地やお初天神が主やったけど、たまにはミナミへも出た。ネオンの点いた法善寺の界隈で呑んだこともあったんやが、さあて、そんな時、思い出したことがあったかどうか。それが、大阪を離れるとなったら、ふと脳裏に蘇って来よったんや。会うてみとうなったんや……」

「えっ、それで、会えたんかって。いや、会えてたらおもろいオチにもなるんやけど、アカンかった。そのへんはビルになってしもうてて、あの喫茶店は影も形もアラヘンかったわ……まあ強いてオチをつけたら、道頓堀川に架かる太左衛門橋の上から、流れているのか澱んでいるのか分からぬ汚い川水を見ながら、もうこれで大阪には何の未練もない、そう思うた、とでも言うとこうか」

小柄な老人は猫背で法善寺横丁を東へ歩いて行く。

佑介の脳裏に、自分の姿の映像がまた瞬間的に見えた。

彼は歩きながら、久子姉さんに再会した日のことで、耕治に話さなかったことを思い出していた。

十年前、大阪を離れる時、あのひと、今どうしているだろう。いっぺん行ってみよう。佑介がそう思いついたのは、突然遠い昔のあの日が脳裏に蘇ってきた瞬間があったからだった。

その日、来ていた二歳の孫が袋菓子の中身をベランダにぶちまけてしまって、「オッと、何すんねんな、汚いやないか」と拾い集めようとし、そのとき、「なんや、この菓子、昔と全然変わってぇへんやないか」と、そのビスケット、いろいろな動物の形をしていて、片面に色とりどりの煮詰めた砂糖が艶やかに盛り上がるようにつけてある、その小さなビスケットを見て、ふと遠い日が蘇り、しびれるような感傷がこみあげてきたのだった。

久子と再会できたあの日の後、佑介は、もう会いに行ってはいけない。ここで思いを断たなければ。そう思った。だが、もう一度だけ会って彼女の顔を、姿を、胸に刻み込んで終わりにしよう。そう思った。

子供に何か持って行こう。彼女の家の近くまで行ってからそう思いつき、近所の菓子屋で袋菓子の動物ビスケを買って行った。坊やにと、ポケットから出したとき、二、三個がころころと袋の口から転がり出た。佑介のポケットの中で口が破れてしまっていたのだろうが、彼はあわてた。顔から火が出るかと思った。

今買ってきたばかりだ。食べ残しではない。だが口には出せず、いっそうあわてふためいて、何を思ったのか、自分でその一個を取って口に入れてしまって、なお一層あわてふためいて、テレ笑いするよりほかはなかった。そんな佑介の前で、久子は微かに口許を緩めていた……。

その追憶を胸に、大阪を離れる前、彼女の家を探した。しかし、みつけられず、近くのコンビニで動物ビスケを買って、太左衛門橋の上、それを口にした。遠い昔を思い出させる甘い味だった。その甘さをじっくりと味わいながら、佑介はこの街への別れを心に言い聞かせたのだった。


久子姉さんと会ったのは、あそこだったなあ。と佑介は十歩ばかり前の角を見やって、あっ、と立ちすくんだ。

その角から出てきて佑介の前を歩いて行った若い女。チラと見えた横顔。

久子姉さん！　呼ぼうとしたが、声が出なかった。

幻覚だ。佑介はそう思った。しかし、前を行く若い女の姿は消えず、後を追ってフラフラと歩いて行った。

昔の久子姉さんに似た女に過ぎない。そう思ったが、もう一度はっきりと顔を見たいという気になって、彼は後ろ姿を見ながら歩いた。背は昔の彼女よりも高いような気もし、実は自分の記憶がもう朧(おぼろ)になっているのに気がついた。顔以外のディテールは霞んでしまっていて思い出せないのだった。

前の女は小走りに横丁を出て南へ曲がったのだが、彼が横丁の角の洋品店まで来てみると、姿が消えていた。キョロキョロあたりを見回しながら南へ歩いて行った佑介は、東へ入る横道の角に来て、その道の先が目に入り、血の気が引いていくような思いになった。あの喫茶店と同じ名前の喫茶店の看板が見えたのだった。

佑介はためらいながらその店のドアを押した。

彼女はレジの前にいて、やはりよく似ていた。一瞬の幻覚に囚われたのも不思議ではないと思えるほど、昔の久子姉さんに似ているように思えるのだった。

いつまでもジロジロ見ているわけにもいかず、席を立ち、支払いをしながら、

「昔、言うてももう四十何年も前のことやけど、ここを西へ行ったところにおんなじ名前の喫茶店があったんやけど、知ったはる？」

「ええ、昔あっちでやってたそうです」

「やっぱり。あなた、昔のママによう似たはるような気ィしたもんやさかい」

「四十何年前ですか。それやったら、きっと祖母です。私、祖母の若い頃に似てるそうなんです。もう直ぐ三回忌なんですけど」

佑介は店を出て、花屋を探し、供花を買って届けた。仏前に手を合わせたいと思ったが、そこまでは言い出せなかった。

寝床の佑介は、ぼんやりした頭脳に、久子姉さんの孫娘の顔を思い浮かべた。法善寺横丁の

街並や太左衛門橋を思い浮かべた。「想い出にじむ法善寺、か」と呟いたが、ふと思った。オレは大阪へ行って来たのかな。「ドン・キホーテ」の観覧車を見た覚えがないのだった。

友人と電話で話したのは確かだった。法善寺界隈の話をしたのも間違いない。しかし、遠い昔のあの人のことなど、ながながと話しただろうか。電話の相手は耕治ではなく、別の関東に住む友人だったのだから。耕治とはあの頃以来会っていなかった。いや会えなかった。彼は少年兵のまま終戦直前の空襲で死んでしまっていたのだから。

枕元に置いていた古びた守り袋の横に、昨夜食べた動物ビスケの袋があり、二、三個が袋の口から出たままになっていた。

佑介は、もう一度眠りたい、そう思った。

（「季刊文科」二〇一六年四月）

朝子さんのしゃぶしゃぶ

徳岡孝夫

我が家の百科事典で「しゃぶしゃぶ」を引くと、その祖型は明代のシナにあったシュワシャンロウであり、シュワは「ざっと洗う」の意だと書いたあと「日本版は第二次世界大戦後関西で始まった」と出ている。

しかし、ひとくちに戦後といっても、いろいろある。戦後の関西に少年として住んでいた私の記憶に基づいていえば、昭和二十七、八年ごろまでは、しゃぶしゃぶは見たことも話に聞いたこともなかった。

肉屋に霜降り肉を超薄切りにさせ熱湯の中で振り洗いするなどという贅沢は、敗戦後しばらくは関西人にさえ発想し得ないものだった。貴重な牛肉が手に入れば即すき焼きであり、とにかく何もかもブチ込み、最後はごはんかうどんを入れ鍋に一物も残さず食べ切る。それが唯一の食べ方で、脂身ひとつ残っていない鍋を囲んで「ああ戦前に戻った」と完全に満足していた。

だから、私のしゃぶしゃぶ初体験は、関西で流行り始めてから三年か四年、長くても五年以内のはずである。「しゃぶしゃぶという鍋料理が美味しいらしい」と、話には聞いたことがあった。そして、ある年の大晦日、友の家に招かれ御馳走になったのが初めてだった。

向こうも当方も互いに二十歳代の若夫婦で、われわれは大阪市の南のほうの風呂もない1DKの府営住宅に住んでいた。友の家は南へ二十分ほど歩いた大阪市営鉄筋アパートの二階か三階で、すでに男の赤ちゃんがいた。

「正月料理なんて面倒なもの、お互いに止めようじゃないか。ウチでしゃぶしゃぶをするから来いよ」と誘われ、妻と一緒に暗い夜道を歩いて行った。そのころ、日本の大晦日の戸外はシーンとしていた。どの家の台所にも灯があったが、出歩く人はいなかったし、マイカーが登場する前だから道路はガランとしていた。

友はそのとき、すでにアメリカ留学の経験があった。留学から帰ってすぐ「朝子にバキュームを買ってやった」と言ったのを覚えている。バキューム・クリーナー。電気掃除機のことだ。それから二年か三年後、このしゃぶしゃぶ初体験のときには、我が家もすでにテレビと洗濯機は持っていた。電化黎明期である。

実は、この友とその妻である朝子さんについて語ろうと思えば、話が幼稚園時代に遡ってしまう。しばらくの昔話、お許しいただきたい。

戦前の我が家は阪急神戸線沿線の西宮北口にあった。阪神間の人には、単に北口と言えば通じる。大阪と神戸のほぼ中間にある郊外の住宅地で、どこも和風建築だが、申し合わせたように「応接間」と称する洋間を必ず一つ持っていた。その住宅地の中の、すずらん幼稚園で、私は朝子さんの同級だった。

目のパッチリした可愛い女の子……というのは昔の写真を見ていま思うことで、五歳の男児にまだ美醜の区別はつかない。とにかく朝子ちゃんとはよく遊んだ。彼女の家へも遊びに行った。昭和ヒトケタの時代にピアノがあり、さらに（当時の私にとってもっと大切なことには）彼女の兄さんが空気銃を持っていた。

引き金を引くと銃口から火花が出る機関銃のオモチャは我が家にあったが、本物の銃なんて見るのも触るのも初めてである。ねだっても、私の両親はそんな物騒なものを大事な長男に買い与えるわけがない。実直な商人の家の、私は温和しい子だった。

朝子ちゃんの兄さんにせがんで、撃たせてもらった。空気銃の銃身を二つに折り、鉛のタマをこめて元に戻し、二階の窓から中空に向かってブッ放した。パシッと軽快な音がし、タマは無限の空へ飛んでいった。「一発だけだよ」と最初からの約束だったので、それきりである。だが銃床が右肩を押す軽い反動は、いまも肩で覚えている。私が生涯に放った唯一の銃弾。男の子はそういう記憶を絶対に忘れないものである。

昭和十一年に幼稚園を出て、私は大阪・淀屋橋の小学校に、朝子さんは小林の聖心女学院小学部に進んだ。一度、金色のローマ字で名前を捺したランドセルを背負った彼女を西宮北口の駅で見たことがあるが、それきり会わなかった。

後年その朝子さんの夫になった友とは、中学生のとき中之島の朝日会館で会った。戦争中のことで、空襲がまだ始まらない時期だった。偶然に隣の席にすわって自己紹介し合ったのである。

舞台の上に何があったか、巌本真理のバイオリン独奏だったか久留島武彦のお伽噺だったか、さだかではない。別の日のことかもしれないが、西洋と戦争している最中に、明らかに西洋人の顔をした美しい巌本さんの弾く西洋の曲は、この世のものと思えなかった。

話してみると、彼も私も三文安いお祖母ちゃん子だと分った。友は何度も西宮北口の我が家まで遊びに来た。そのうち私の祖母は、彼のさっぱりした気性と少年ながら生きる闘志とでもいうべきものに惚れたらしい。友を私と同じ中学に転校させたいと言い出した。孫の私が考えても、これは無鉄砲な希望である。旧制中学だから入学試験があり、それに通らない者は中途から入れない。おまけに大阪一の進学校だから、転入できるなら誰でも入ってくる。だが祖母は強い意志と行動力の人だった。

どこで手に入れたかそのころ普通では手に入らない菓子折りを提げた祖母にくっついて、私は校長先生の公舎へ行った。学校の敷地の一隅にある。ギョロと仇名のある怖い校長だったが、応接間に通されると、祖母は怖めず臆せず用件を切り出した。どうか転入学を許していただきたい、入れる値打ちのある子だからと言った。むろん校長は拒絶した。私はそのとき祖母が吐いたセリフを忘れない。

「しかし、物事にはすべて表と裏がございますそうですから」

この一言は、以後も長く私にとって処世訓（あまり活用しなかったが）の一つになった。祖母は一時間以上も粘り、私はぐっしょり冷や汗をかいた。結局、友の転入は許されなかった。

やがて戦争が終わり、ギョロ校長は全校挙げての排斥運動によって追い出され、私は京都へ行って旧制高校から大学に進み、就職して新聞記者になり、妻を娶った。そして、まだ駆け出しの記者だったとき、幼稚園の同窓会をしようという話が持ち上がった。卒園から二十年前後。私は朝子さんの勤めていた高麗橋のアメリカ文化センターまで彼女に会いに行った。二十年ぶりの再会だった。幼時の面影を残しつつ目のさめるような美貌の人に成長した姿に驚いたが、もっと驚いたことには朝日会館で知り合った友が同じ職場にいて「おう、元気か」と手を差しのべたことだった。

どういう巡り合わせか、幼稚園の同級生と偶然隣席にすわって知り合った友。私が別々に知った二人が、同じ職場にいたのである。世の中にはそういう小説みたいなこともあるのだろう。まもなく「おれ、朝子と結婚したよ」と友が言った。戦後日本は、まだ親戚知人を大勢招いて盛大な披露宴をするところまで復興していなかった。

友は文化センターを辞めて大学の教師になった。朝子さんはセンターが桜橋の産経ビルに移ってからも、ずっと勤務していた。私の勤める新聞社のすぐ近くである。当時フルブライト留学を目指して頑張っていた私は、暇さえあれば英語の本や雑誌を読んでいた。とくに会話がそのまま出てくる戯曲の脚本は役に立つので、毎月「シアター・アーツ」を借り出した。そういうとき、幼稚園の同級で親友の妻である朝子さんは便利な存在で、雑誌の返却が少し遅れても大目に見てもらえた。

父の家を出た私たちが前記の1DK府営住宅に移ってからは、若夫婦同士でよく行き来した。こちらは新聞記者だからそう休める訳ではないが、日曜日が休日になったときは大阪市営コートでテニスをした。友は物価論を専攻していると言っていた。

さて、やっとしゃぶしゃぶの話に戻る。妻と私は静かな夜道を歩いて友のアパートに行った。大晦日に他家に招かれるなんて、それまで一度もなかった。おまけに噂に聞くしゃぶしゃぶが出るという。どんなものだろう？　どんな味だろう？　妻も私も一種のスリルを感じていた。

記憶というのは不思議なもので、夫婦で懸命に思い出そうとしたが、その夜のことは牛肉に完全に占領されている。「豆腐が出たか、春菊があったか、妻はなかったようだと言うし、私も思い出せない。ビールを飲んだはずだが、それさえ忘れた。しゃぶしゃぶ牛肉はそれほども美味しかった。記憶の熱湯の中に、次から次へ入っては口の中に消える肉の薄切りだけが浮かぶ。

よほど肉の印象が強烈だったのだろう。わずかに覚えているのは、隣室に赤ん坊が寝ていたこと。座卓にガス・コンロを引き、沸騰する湯に牛肉を浸け、思わず箸から放すと「おい、放すな。こうやって食うんだ」と友が教えてくれたこと。醤油とサラダ・オイルと唐辛子に小口に切った葱のタレに浸して食べたこと。面白いように腹におさまったこと……。

豆腐どころか会話さえ覚えていない。「おいしい、おいしい」以外は何も言わなかったと思う。たちまち肉は無くなった。二十歳代の健康な夫婦が二組寄って、戦中から戦後にかけての飢餓を覚えている胃袋で食うのだから、スピードも相当なものだったことだろう。

朝子さんは冷蔵庫の中を探し、正月三が日のため買っておいた牛肉を全部出してきた。竹の皮を開け、四人はそれをペロリと平らげた。遠慮のない仲でなければ出来ないことだが、たとえ遠慮の必要な席であっても、あれは全部食べただろう。それほど旨いしゃぶしゃぶだった。

たらふく食って、再び夜道を歩いて帰った。大晦日の晩には珍しく、濃い霧が立ちこめていた。ところどころに葱畑があった。銭湯だけが開いていた。「入っていこうか」と夫婦で相談したが、手拭も石鹸も持っていなかった。大阪市内に、あの季節に、あんなに霧が降りることってあるんだろうか。いま三十六歳になるウチの長男が生まれる前の話である。

それから一年か二年して、私は留学生試験に通って渡米し、妻はその間に長男を出産した。三年後には次男が続き、1DKには入り切らなくなって、少し遠い2DKの公団住宅に移った。朝子さんの方にも女の子が生まれた。双方とも二人の子持ちになってからは子育て一途で、大晦日の晩に遊びに行くようなノンビリしたことはできなくなった。そのうち我が一家は東京へ移り、三年ほど外国にも住んだ。

大晦日は毎年巡ってくる。年を越す晩には、多忙ななかにフッと手の空く一刻があるものである。そんなとき、われわれ夫婦はよく初しゃぶしゃぶの話をした。赤ん坊だった友の家の長男ももう高校だろうとか……いや、それより何よりホッペタが落ちそうだったしゃぶしゃぶの味を私は繰り返し思い出した。

食い意地の張った私とは違って、妻は常に朝子さんの人柄を絶賛した。あんなに気持ちのいい人はない、頭がいいのにそれを少しも表に出さず、静かにニコニコ微笑していらっしゃる。名前の通り朝のように爽やかで涼しい。付き合って、あれほど気持ちのいい人はいないわ。そう言って褒めちぎった。

友人と私は、それぞれが択んだ職業の道を歩いて行った。彼は大学教授になり、一度か二度著書を貰った。私はヒラ記者のままで、生来ズボラだから本を書いても贈呈しなかったと思う。やがて互いに中年になり、彼は富田林に私は横浜の郊外に居を定めた。同じ大阪に住んでいたとき車があれば、もっと頻繁に往来したことだろうが、私は関東に移ってからやっと中古のカローラを買った。友はもっと早くスバル三六〇を手に入れたそうだが、ある朝起きると市営住宅の前に停めておいた車がトラックに踏み潰されペシャンコになっていたという。駐車場も必要ないが当てれば当て逃げ自由という無法時代が、車社会になる前の日本にあった。

友を転入学させようと校長に談判しに行った祖母は、早くに世を去った。友とはときどき会ったり手紙を遣り取りしたが、男というものは薄情なもので「朝子さん、お元気?」「ああ元気にしてる」で済ませていた。

十四年前のことである。友からの年賀状に「朝子が寝ているので最近は料理が上手になった」と走り書きしてあった。驚いたが、そのうちにと思いつつグズグズ十日ほど経ってから、富田林の家に電話してみた。

知らない人の声が固い調子で「ちょっとお待ち下さい」と言った。ややあって友が出て「いま朝子のお通夜をやっているところなんだ」と言った。「え」私は次の言葉が出なかった。受話器を置いて、われわれ夫婦は無言のまま頭を垂れた。

幼稚園で知ったのだから、私はおそらく朝子さんの最も古い知己だろう。もっとしばしば消息を問うてあげればよかった。しかし私が仕組んだわけでもないのに、彼女は私が別の機会に知った友と夫婦になった。私から見れば不思議な縁だが、それを言うなら、あらゆる夫婦はみんな不思議な組み合わせではないか。縁を結ぶのは人か神か。

時が経つにつれ、朝子さんのしゃぶしゃぶは妻と私の記憶の中でかえって燦然と輝きを増していく。子供たちは巣立ってしまい、残された私たちは野菜の味のわかる年齢になった。いまじゃスーパーでしゃぶしゃぶ用の肉を売っているが、湯葉や麩や、どうかすると白菜を入れたりする。だが二組の若い夫婦が一直線にありったけの肉、肉ばかりを平らげた食欲は、もうない。

友の名は磯村隆文といい、いま大阪市長をしている。今年の春だったか、テレビを見ていた妻が「磯村さんよ!」と叫んだ。立候補したことすら知らなかった。私は祝詞に添え「おめでたい席に友人の出番はない。なにか困ったことがあったら知らせてくれ」と葉書に書いて送った。大都市を治める仕事を、私は助けることができない。相談のないところを見ると、うまくいってるらしいと安心している。

追記

この話には少し後日譚があります。

これが季刊誌『四季の味』平成八年冬号に載って同年暮に出たとき、私はそれを磯村氏に送りませんでした。まず、大阪市長は多忙だろうと思いました。次に、彼は朝子夫人と死別した後、まだ大学教授だったころに再婚しました。私の知らない方です。「朝子さんのしゃぶしゃぶ」などという題の記事を見れば、新しい奥様は面白くないだろうと気を回し、遠慮したのです。そのかわり、すでに結婚して家庭を持っている朝子さんの娘さんのところへは、編集部に頼んで『四季の味』を一部送ってもらいました。

それきりでした。礼の葉書も来ないし、電話もありません。娘さんからの年賀状は、一言も記事のことに触れていません。ちょっと不思議でした。市長になる前から会っていない磯村氏とも、例年のように年賀状を交換しただけです。

年が明けて、一月中旬のことです。磯村氏から葉書が来ました。久しぶりにミナミの料理屋でメシを食ったところ「先生のことが出てますよ」と『四季の味』を見せられ、読んで驚いた。さっそく一部買って娘に送った、というのでした。彼は長年教師をしていたから、市長になっても「先生」なのでしょう。葉書には「有難う。だが記憶違いの所もあるぞ」と書いてありました。そして葉書が届いた晩、彼からさらに電話がありました。今度は私が驚く番でした。

磯村氏によると、われわれが会ったのは戦時中ではなく、終戦直後の某日、私が十六歳の昭和二十一年だったというのです。朝日新聞の文化事業団が中学生のために何か連続講座のようなものを朝日会館で催した。彼と私は、その席で偶然隣り合わせに坐ったのです。I工業学校の生徒だった磯村君は、膝の上にアンリ・ポアンカレの『科学と仮説』（だったと思う）を置いていました。「それ何や？」と私が覗き込んで声をかけたのが、自己紹介と会話のきっかけだったそうです。

パラパラと本を繰ってから、私は「貸してくれ」と言い、本を借りて帰ったとのこと。そして翌日、私は姿を見せなかったと彼は言うのです。

その次は数日後の話。磯村家を一人の年配の婦人が訪れ、言いました。「徳岡孝夫の祖母でございます。孫は本を拝借した翌日から風邪で寝ております。大切な本をお返しに参上しました」私の祖母はそう挨拶し、ポアンカレを差し出しました。通信事情も交通事情も最低だった終戦直後、祖母は朝日新聞社に電話し磯村君の名前を言って住所を聞き出し、電車を乗り継いで返しに行ったわけです。

応対したのは磯村君の祖母でした。この方も年よりずっと若く見える、シャキッとした女性だったそうです。両祖母は、話すうちにすっかり意気投合しました。「坊ちゃんをぜひ遊びにお寄越し下さい」私の祖母はそう言い残し、当時としては驚くべきお土産を残して辞去しました。一斤の食パンです。「あれは真っ白の、進駐軍の粉（メリケン粉）を練って焼いた食パンやった。世の中にはこんなもの食べてる人もいるんやなあと、我が家では驚きながら食ったぞ」

これは彼の記憶です。そういう伏線があって、磯村君は天王寺の近くから、何度もはるばる西宮北口の私の家へ来るようになったという次第です。

当時の工業学校を出た子は、ほとんど進学しませんでした。一方の私は、そのころ京都の旧制高校へ進むべく猛勉中です。祖母が磯村君に同情し、何とかして上の学校に進めるよう、そのためには私と同じ中学校へ転入させようとしたのは、本文に書きました。

菓子折を提げて校長公舎へ直訴に行ったのは、私の覚えている通り。だが戦時中でなく昭和二十一年だから、私の記憶にあるギョロ校長は誤りで、祖母と私が面会したのは浜田先生といって、後に大阪府教育長になった方でした。そして、祖母の談判は成功したのです。

中学校の本科へ転入させることはできないが、夜間部に入る手は あると、浜田校長が教えてくれたのです。もちろん転入試験があります。陸海軍の学校から流れてきた受験生が多く、相当な競争率だったが、磯村君は努力してパスしました。

本文に書いたように、私の中学は大阪一の進学校です。夜間部の先生の大半は昼間の先生の兼任で、受験指導に優れています。磯村君は、そういう先生方の指導を受けたため大阪商科大学の高等部へ進むことができ、それが学制改革で大阪市立大学になり……「という訳で、俺は大学を出ることができたんだ」云々。

彼は電話で、あらかたそういう昔話をしました。私の方は、本を借りたのはもちろん、彼が工業学校にいたことすら忘れてしまっています。「しかし、よくそんなに詳しく覚えていたなあ」。ただ感嘆するばかりでした。

「当たり前だよ」と磯村氏は言いました。「結婚してから何度も、あなたはどういうわけで孝夫ちゃんと知り合いになったのかと、朝子に聞かれた。何度も説明したから、自分もしっかり覚えたんだ」

なるほど私が不思議な組み合わせの夫婦だと感じたように、朝子さんも、自分の幼稚園の同級生が家も遠く学校も異なる夫となぜ友人なのか、不思議だったことでしょう。

受話器を置き、私は一人で当時のことを振り返りました。そのうちハッと気がついたのです。……「そうか、つまりウチのお祖母ちゃんは、何十年も前に、今日の磯村市長の誕生のために一臂(いっぴ)の力を貸していたのか」

人間の人生は、わかりません。磯村氏が工業学校を出ていれば、それはそれで一つの人生だったでしょう。だが、学校をでればすぐに就職し、おそらく大阪市長にはなっていなかったと思います。過去には予見のできなかった未来、それが今です。しかし祖母は、期せずして、私の友のために大きい未来をひらいたのです。その晩、私は祖母の写真の前に線香を立て、遅まきながら報告したのでした。

「磯村君が大阪市長になりました。有難うございます。お蔭様です」

お嬢さんからは、まもなく手紙が来ました。『四季の味』は届いたが、どこかの何かの宣伝だろうくらいに思って中を見なかったため、母の記事を見落としていました。いま拝見して感激しましたと書いてあります。そして最後にちょっと「最近、母を知る人々から、母によく似てきたと言われます」と書き添えてありました。われわれ夫婦は、彼女には赤ん坊のときいらい会ったことがないのです。

（「四季の味」一九九六年冬号）

紫陽花
（昭和者がたり、ですネン）

土井荘平

晩年、ゆきは、しきりと長男の彼が知らない古い時代の思い出話をするようになった。

死を予感して語っておきたかったのではないか。法要の経を読む僧の背でふとそう思った。

窓の外は音もない雨だった。

彼は、断片的に聞いた母の話の、明治、大正、昭和のあれこれを、頭脳の中で年代記のように組み立てていた。

ゆきは早産の未熟児で生まれたまま人並みになれなかった低い背丈を卑下して、引っ込み思案な少女だった。背丈のせいだけではなく、明治三十九年丙午の生まれで、年嵩の男の子から始終、ヒノエンマ、火の閻魔、男を焼き殺す女や、と苛められたせいもあった。

大阪天満の借家で小さな肌着卸商を営む正三の長女だったが、裏の日当たりの悪い狭い庭をぼんやり見ていることが多い子だった。

庭には紫陽花(あじさい)が一株あったが、少しも大きくならず、赤茶けた小さな花をつけた。それでもゆきは、今年はあの他所で見るような大きな紫の花が乱れ咲くのではないかと待ち、毎年裏切られた。

いつも褪せたような色の花がチラホラと咲くばかりで、しかしその花が、まるで自分のようだといじらしかった。

ゆきの二年後に妹が生まれた家の二階には丁稚(でっち)や居候が一人いたり、二人いたりした。父は毎晩の晩酌で、ワシは運が悪い。奉公した船場(せんば)の主家が没落して放り出された。というのいつも同じ愚痴をネチネチと言い、あげくは、所帯持ちが悪い、と母への小言になって、「運より甲斐性チャイますか」などと母が口答えし、ものが飛び茶碗が割れて、そんなとき、ゆきは妹千代と戸外へ逃げ出した。

こんな後は母も狂ったように暴れるのが常だったから、ゆきはなかなか家に入れず、千代と近所の空地にいつまでもしゃがみ込んでいた。

ウチはわざわざ未熟で六十年に一度の丙午の年の暮に生まれて来てしもうた悲運の女なんや、と夕焼けを見ていた。

小学校四年のときだった。父との大喧嘩の後、母は妹千代の後に生まれたまだヨチヨチ歩きの弟まで残して家を出てしまった。

母が家を出た後、二階の居候が一人いなくなっていて、母の家出はそのことと関係があるらしかったが、ゆきにはよく分からず、ただ母を詰る父が憎く、おかあちゃん！　胸の中で叫んで、ボロボロ泣いた。しかし、泣いてばかりはいられなかった。困った父が子供達を故郷に預けることを決めて来て、故郷と言っても既に身内のいない丹波篠山（たんばささやま）、他人の家だった。千代と弟をかばってがんばらねばならないゆきだったのだ。

　秋から冬にかけての時期で、丹波盆地は底冷えがし、回りの山から寒風が吹き下ろす。霜焼けで両手両足を腫らした弟がぐずって泣くと、顔をしかめる家人に気兼ねして、ゆきは戸外へ連れ出すよりほかはなく、人気のない城跡の濠端に連れて行った。

　寒さに白い顔を震わせている弟の服の下に持ってきた新聞紙をぐるぐる巻いてやって、三人で声もなく濠の漣（さざなみ）を見詰めて、ゆきは母を想った。どうしようもなく恋しかった。

　父が迎えに来た。一緒に女が来ていて、父が、新しいお母さんや、と言い、みるからにキツそうな顔立ちのひとで、ゆきは大阪へ帰れる喜びが消えて、そのひとと暮らす苦しみがもう見えているような気がして、これがウチの定めなのかと、また火の中の閻魔を思い浮かべていた。だが、それはいつも近所の不動尊の暗い本堂の奥の、幼い時から怖くて怖くて堪らなかった、憤怒の形相で睨みつけている不動明王だった。閻魔の像を想像出来なかったせいだろう。

　大阪へ帰ると、新しい母スエが、紫陽花を抜いてしまった。持ってきた二本の柿の若木を植えるためだった。ゆきは言葉もなく抜かれた紫陽花を見ていた。どこかへ植え直したい。そう思ったが言い出せなかった。ゆきは諦め、しかし毎日放置された紫陽花の木を見た。それは日に日に干からびて、ある日、継母が竈の下にくべてしまった。

継母は士族の娘で最初の夫に病死されたひとだった。躾が厳しかった。自由放任の母に育てられたゆきは、継母の顔色ばかりを見て暮らす毎日に、あの柿の木が枯れればいい、と意地悪な思いになって、庭を見ていた。

ゆきが小学校を出るとき、先生が女学校か師範学校への進学を勧めに家に来た。

「女に学問なんて。それで無うても丙午の女だす。尚更嫁入り口がなくなりまんがな」

父は取り合わなかったが、先生は何度も説得に来、女学校へ進めることになった。

年号は大正になっていた。運動靴を買ってもらった。小学校へは下駄で通学していたから、運動靴を履くのは初めてだった。学校指定の靴にゆきに合う小さい靴がなく、着物に袴、ブカブカの大きな運動靴の小さな女学生が市電に乗って、大川のほとりの女学校に通った。

ある朝、ゆきが市電を下りると、片方の靴がすっぽり抜けて車中に残ってしまった。ゆきは真っ赤になって、慌てて車内の靴を手で拾い、えぇいともう片方の靴も脱いで手に持って、裸足で学校へ走り出した。恥ずかしくて恥ずかしくて、汗をかいて走っていた。

女学校へ行くのは楽しかったが、永くは続かなかった。父の商売が傾き、もう丁稚も使えず、ゆきは高等科へ通う千代と一緒に手伝わねばならなくなった。父の留守を預かって荷作りもした。大変だったが、ゆきは、顔一面に汗をかき、大きい荷物と格闘していた。

実母からは何の便りもなく、恨みに思うときさえあって、庭の柿の木は枯れてしまっていたが、もういい気味だとは思わなかった。

継母も実母と同じように父の酒癖に苦しめられていて、実母のように口答えなど出来ない彼女を見ていると、ゆきは、継母への反撥が薄れてきている自分に気がついていた。


父の心配は現実になり、ゆきは年頃になっても、いい縁談に恵まれなかった。

妹の千代は洋傘職人との話が決まり、父はゆきには養子をもらうことにした。

男の子がいるのに変な話だったが、父正三は、奉公していた船場では女系で繋ぐのが商人のしきたりだと主張していたが、実はなんとか丙午のゆきを娶せる（めあわ）という外に誰にも言えぬ理由があった。その男の子が自分の子かどうか秘かに疑っていたのだった。

養子は六人兄弟の末っ子で、ゆきは好きも嫌いもなかったのだが、京都の大学に苦学して行ったという、小商人の家に育ったゆきにはふと夢を持たせる婿取りだったのだが、家へ入れてみると、たちまち夢は破れて、ゆきは新しい悩みを背負ってしまった。

夫は父について出張した。だが独り先に返された。末っ子で育ったせいかまるで気配りが出来ず、父が呆れてしまったのだった。

父の小言酒の肴が一つ増え、

「おまえが乗り気やなかったら、あんな奴をもらわへんかった。お前のせいで、ご隠居さんを家に入れてしもうた」

　と継母のせいにして酒を呑んだ。

　ご隠居さん、という言葉に、ゆきはふき出した。テキパキと動く父とは正反対に、夫はいつものっそりとしていて辛気くさい。笑っている場合ではなかった。ゆきはきっと揉め事が続くと心配した。

　案の定毎日のように父と夫が衝突するようになった。父が怒鳴り、夫は黙って聞いているだけだったが、無言の夫にかえって父はシブトイ奴やと言い募り、ある日、

「あいつはもう返そう」

　口答えなどしたことのないゆきも、今度ばかりは黙っていられなくなっていた。

「お父ちゃん、今になってそんなムチャ言わんといて」

　絞り出すように叫んだ。

　わかってるわい。そやけど、あんな男……どうするのだと、父の声は尻すぼみになって、ゆきはもう身籠（みごも）っていたのだ。

　昭和四年に彼を産んだ。

　街では、赤い灯　青い灯　道頓堀の……という唄が、流行っていた。しかし、ゆきは、赤い灯も青い灯も見ず、道頓堀なんて行ってみたこともない遠い別世界だった。

　そんな享楽的な唄が流行していたのは、爛熟した大正デモクラシーの名残（なごり）を惜しむ声だった

ろうが、現実は、米国に発した大恐慌が世界を覆いつつあり、日本もまた深刻な不況に喘いでいた。そして、その不況の中で、昭和六年には、満州事変が起きている。

不況による商売不振が続くなかで、二年近く経ったある日、「ワシはこの商売には向いてないわ。家を出て古本屋をやりたいんやけど」と夫が言い、ゆきは父に逆らってもその方がいいと思った。

毎日糞ミソに言われても悔しくないのだろうかと、ゆきは夫保治に呆れていたのだが、養子の身だからと辛抱していてくれたのだ。結婚前は夜店ではあったが古本屋をやっていたのだから、その商売なら、とゆきは胸を膨らませた。

父は反対もせず、保治をもう見限っていたのかもしれない。商業学校に通う息子に望みを掛けることにしたのかもしれない。

だが難問があった。古書の市へ行ったりする保治の留守にはゆきが店を守らねばならない。幼児を連れては無理、ここに預けようと保治は言う。

初孫が可愛い祖父母も大賛成だったが、ゆきは初めての子を自分で育てられない哀しさに心が揺れて、保治が借りてきた京都の店へ移るときには、子供の顔が見られなかった。だが夫婦が幸せに暮らすためには仕方がないと歯を食い縛った。

しかし会いたいという手紙で千代が京都を訪れたとき、ゆきの顔は憂いに沈んでいた。商売もうまくいかず、それにも拘らず保治の様子がおかしいとゆきは泣いた。保治は市での仲間商売だと昼間からしょっちゅう出掛けて、夜更けまで帰って来ないと言う。

「姉ちゃん、いっぺん後つけてみたら」

「そんなことでけへん。店、空けられへん」

何の遊びもせず黙々と働く亭主しか知らない千代はどう言えばいいかわからなかった。

「千代さんは幸せやなあ。ウチはアカン、ヒノエンマやから」

とゆきは千代を羨んでまた泣いた。泣きながら、子供に会いたいと痛切に思った。

千代にはそう言ったが、ゆきは、次の日、大急ぎで店を閉めて、保治の後をつけた。

保治は将棋会所に入って行った。そっと隠れて覗くと、保治は親しげに何人もの客と挨拶を交わしていて、間違いなく常連だった。

ゆきは怒りに震えた。目の前が真暗になった。気が付くと会所の中に寝かされていた。もう止める。誓った保治だったが、暫くするとまたはじまったようで、人通りがすっかりなくなっても帰って来ない夜が続いた。

また行ってるのと違うかと、問いつめても、「行ってぇへん、仲間とのつきあいや」

保治は開き直った。

ある日、出掛けた保治をそっと見ていると、四つ辻、こちらを窺ってから右へ曲がり、それは将棋会所の方だった。市へ行くなら左へ曲がらねばならないのだ。

ゆきは溜息ついて、道の向こうの寺の林がざわざわ鳴る音を聞いていた。胸の中を木枯しが吹き抜けて行くような虚しさだった。

その頃、大阪で長男は小学校へ通いはじめて、時折京都へ母を訪ねて来た。正三は京都へ来ることなどなく、継母も正三に気兼ねして一度も来なかった。子供は独りで電車を乗り継いでやって来るのだった。

黙って行かせながら、正三は、まだか、まだ帰らぬかと落ち着きなく子供を案じ、帰ると、今度はお母さんはどうしていたかと根掘り葉掘り訊くのが常だと、ゆきは妹千代から聞いた。

夏休みも、長男は母の許へやってきた。休み中いると言う子供の言葉に、ゆきは嬉しくなり、毎晩寝顔を見入って飽きなかった。保治も夜店へ連れて行ってくれたりして、父としての愛情に目覚めたようで、ゆきは嬉しくなって、この子、引き取って育てよか、と相談したが、そうやなぁ、と保治は生返事で、そのうちに子供は大阪へ帰ると言い出した。ゆきが店番をしている傍であの本この本をペラペラめくるばかりの毎日に、飽きてしまったのだった。

それでも、その子は、別れるとき涙を流した。

ゆきも、「電車、チャンと間違わんと乗れるなぁ」と胸が詰まって涙声になった。

その翌年、ゆきは女の子を産み、ようやく保治は商売に身を入れるようになって、大阪へ帰って古本屋をやろうと言い出し、これは保治が将棋からも将棋で繋がる悪友からも離れようと決心してくれたのだと、ゆきは嬉しかった。昭和十三年大陸で戦争がはじまっていた。

保治は千代の家の近くがいいと言うゆきの頼みをきいてくれ、谷町に店を開いた。上本町の兵営の脇に住む千代とは歩いて行き来が出来、姉妹の親しい暮らしが戻って来て、一階は店で、二階の四畳半と六畳が住居の手狭な暮らしにも、ゆきは満足していた。

父の商売は一向に発展せず、成人した弟正太が家の仕事を嫌って他所へ勤めはじめた実家だったが、ゆきは子供を連れてちょくちょく行くようになって、内証は決して楽ではなかったが、千代と姉妹助け合って行ける毎日に、幸せになれるのかなと、実家にいる長男の成長を見ながら思ったりもするのだった。

弟が喫茶店勤めの女と恋愛し、「キッチャ店で働いてるような女はアカン」と父は激怒して、果たしてその女には前の男がつきまとっているのが分かったときも、弟と彼女を千代の家の二階にかくまった。ゆきは千代と一緒に弟を助けてやることにむしろ生き生きとして、小さな身体で走り回って汗をかいた。

夏、兵営の塀に沿って紫陽花が群がって薄紫に咲き匂っていて、ゆきはその花に心浮き浮きする想いで千代の家へ行くのだった。

しかし、そんな毎日にも、ゆきは、ふと胸の中を、不安な影がよぎることがあった。こんな幸せは続くだろうか、何か大変なことが自分を待ち受けているのではないかと案じてしまうゆきで、それは、ウチは丙午に生まれてしもうた女なんやから、という意識の下に染み付いているものが噴き出して来るのかもしれなかった。

ゆきは三人目の子を産み、後を追うように千代が二人目の男の子を産んで、乳飲み児を抱えての内職で家計の足しにしていたが、風邪をこじらせ、急性肺炎で寝込んだ。

父正三が鯉の生き血を手に入れて来て、どろどろした生臭いものを、千代は懸命に身を起こして飲んだ。何としても子供のために早く治らねばという決意が見え、ゆきにはいじらしかった。しかし、高熱が続いて、千代が口にするのは子供の名ばかりの譫言だった。

正三が病院の院長先生を連れて来た。

「院長先生が来てくれはったでぇ」

ゆきが耳元で囁いて、先生が脈を見ようとした途端、こくりと千代の頭が傾いだ。

下の子を背負い上の子の手を引いて家へ戻る兵営の脇、すっかり葉が落ちた紫陽花を目にしながら、一生懸命がんばっていた千代が、院長先生が来たと聞いてつい安堵してしまったのだと思うと、涙が溢れて来た。そしてふいに、別れたきり会えていない実母が恋しくなった。しかし、その実母も、まもなく風の便りに訃を聞いた。

それからどのくらい後だったか、弟正太が実母の位牌をつくって祀っていると聞いた。

二人っきりになってしまったのに、弟は姉を訪ねては来ず、ゆきも子育てに追われていて、消息はスエから聞こえてくるのだった。

寝床の嫁の指図で正太が朝飯の用意をしている、などと告げ口し、スエは正太の嫁に好感を持っていなかった。

ゆきも正太の嫁のとし子は好きではなかった。正太への色っぽい仕草を目にしてイヤラシイと眉をひそめてしまっていたのだった。

正太夫婦の恋愛からの関係が羨ましかったのかもしれない。ゆきは恋愛なんて芝居や活動写真の世界のことだと思っていた。父と実母、継母との関わり、それに千代と亭主も、恋愛などとは遠い関係だった。夫婦はそんなものだと思って来た。しかし、ふとそんな事を思うときがあっても、それは子育てに追われる現実の忙しさに取り紛れて、深く考える暇はなかった。

その頃正三は苛々していた。大陸の戦火の拡大と共に価格統制令なども公布され、商いがさらに難しくなり、「正太は何をしとるんや。年寄りを放っておきやがって」

ある日、正太を呼びつけ、

「お前はワシの本当の子やないかもしれん」

正太は真っ青になって席を立ち、

「なんちゅうことを言いはるんや」

とスエはなじったが、

「なあぁに。育ての恩に気がつかんとアカンのや、あいつは」

それを聞いてゆきは弟の胸の中を思いやって居ても立ってもおれない気持になった。だが、こちらから訪ねて行く勇気はなかった。

千代の死に続いて、これでもかこれでもかと、火の閻魔に呪われている想いだった。

母の口癖のヒノエンマなどいつも聞き流していた彼だったが、今にして思えば、母は現実にも二度も火に包まれた女だった。

終戦前、空襲で家が焼かれ、炎の海を逃げ惑った。阪神淡路の大震災でも、家が全焼するのに出遭ってしまった。庭いっぱいに植えて喜んで手入れしていた紫陽花も、葉の無い時期に灰になってしまった。

仮設住宅で、テレビの懐かしのメロディーで、道頓堀行進曲を聴きながら涙を流し、

「夫も弟も先に行ってしもうた独りぼっちになって、またこんなことに遭うやなんて、やっぱりウチの定めなんやなあ」

母がポツリと言ったことを思い出した。多分母は、あの時、また「ヒノエンマ」と言いたかったのではないか。

母が毎日のように昔話ばかりをするようになったのは、その頃からだった……。

ふと、あそこに紫陽花を植えようか。母の墓の場景を脳裏に思い浮かべた彼だった。その墓は、寺の後背の墓地の奥の端にあり、背後の石垣の下を小川が流れていた。

墓の背に紫陽花を植えよう。読経の声を聞きながら、思い立ったのだった。自分が入ることになるのも、もうそんなに遠くはないだろう墓だった。

僧の朗々とした読経の声が、彼をふと幻想の世界へ導いてくれ、目を閉じてはいなかったの

に、違った風景を見ていた。

自分は墓前に立っていた。かと思うと、自分は墓の中にいて周囲を眺めていたりした。奇妙な薄明の風景だった。

その中でそれだけが鮮やかに、薄い紫色の花がいっぱいに群がり咲いていて、細かい雨が音もなく花ばなに降っていた。

そして、その雨が、母を取り巻いて燃え続け母を苦しめていた火を、ようやく消したような気がした。霧雨は静かに降っていて、彼も濡れそぼる想いになって、読経の声に漂い、それは、ふと、あの道頓堀行進曲に聞こえた。

（「季刊文科セレクション」版）

初出（「煉瓦」二〇〇三年七月）

ある「引き継ぎ儀礼」の記憶

徳岡孝夫

記憶という頗る頼り甲斐ないものに頼って語る。私が満で七歳のとき、二十七の若さで三人の子を残して逝った母の話である。昭和十一年か十二年のことだろう。

阪急電鉄神戸線を挟んで、我が家の向こう側に西宮球場ができた。内野席が二階建てで、甲子園よりずっと見やすい野球場だった。試合が五回か六回まで進むと、子供はタダで入れてくれた。

私は大阪の小学校に通っていたから、阪急電車の定期を持っている。三つ下の妹・絢子を連れて駅構内を通り抜け、よく「職業野球」(プロ野球の戦前語)を見に行った。むろん当時のことだからナイターはない昼間である。

スタルヒンが投げていた。スタンドはガラ空きで、二階への連絡通路が階段ではなく、スロープになっているのが珍しかった。

あるとき、帰りに夕立があった。駅の中は地下道だから濡れないが、ひどい降りである。我が家は西宮北口駅の西出口からわずか五分の距離。雨宿りすればよかったのに、子供にはその知恵がない。私は上着を脱いで妹の頭から被せ、手を引いて走った。家に駆け込んだときはズブ濡れになっていた。

西向きの八畳に籐の薄べりを敷き大きい座卓を置いた部屋が、我が家の食堂である。母はそこにペタンと座り、私を立たせて濡れたコンビを脱がせながら「孝夫さんは優しい人ね」と言った。

コンビとは、シャツとパンツが繋がった、つまりコンビネーションになっている男児用下着である。私の体を拭きながら母が涙ぐんでいたように思うが、希望的記憶だろうか。母に褒められ、私は子供心に大変満足した。優しくすれば母は喜ぶのだと、強く感じた。

昭和十二年秋、うららかに晴れた明治節の午後、母は抗生物質があれば死ぬ必要のなかった死を死んだ。か細い声で何度も「死にとむない（死にたくない）」と言った。

それから四十三年間、父は再婚せずに通し、昭和五十五年に同い年の昭和天皇より先に死んだ。

長年の鰥夫（やもめ）暮らし、さぞ淋しかった、つらかったに違いない。妻を喪って同じ立場になったいま、私は初めて親の身になれる。父が独りで老いていった長い歳月を、信じ難い思いで追想することができる。

なぜ再婚しなかったのか？　昔の日本では、継母は必ず「鬼のような」と相場が決まっていた。芝居で見せる中将姫の「雪責め」は、継子いじめのお手本みたいな残酷シーンである。芝居を見ない人も中将姫と聞けばみな、ああと頷く有名な場面だった。しかも奈良の菩提寺の境内には、彼女の父・藤原豊成公の墓がある。春と秋の墓参のたび、我が家はその碑に詣でた。

繰り返すが昔の継母は、まるでそれが義務であるかのように継子をいじめた。近頃はいざ知らず昔の後妻は、申し合わせたように岩根御前になった。豊成公の碑を見て、父は愛する子らを中将姫にするまいと誓ったのだろう。黙って犠牲になって生涯を終えた。楽しかるべき人生を棒に振った。意志の力が支えた強靭な優しさ。

十代の終わり頃、私はそれもまた少年の義務であるかのように父に反抗し、つらい思いをさせた。なぜ一つ屋根の下で、片方しかいない親に、もう少し優しくできなかったのだろう。六つか七つのとき母に「優しい人ね」と褒められた私は、父の晩年になってようやく、及ばずながら優しさを引き継いだと思う。次のようなことがあったからだ。

大阪で長く一人暮らしだった父は、人生最後の大晦日を、横浜の私の家で過ごした。暖かい部屋で私と妻、二人の孫に囲まれ、妻がデパ地下の夕方の「本年最後」の残品整理で買ってきた刺身の大皿に箸をつけながら、父は落涙した。

「お父さん」と言ったきり、私も次の言葉が出なかった。言葉がなくても通じ合うのが親子であり家族である。いま振り返って、あれは家族の中で親から子へ、優しさを引き継ぐ儀式だったのではないかと、私は感じている。

（「文藝春秋」臨時増刊二〇〇二年四月）

優勝戦、奇跡の逆転劇

徳岡孝夫

今は人工芝だが戦前の、そして戦後ずっと長く、甲子園球場はあの広いファール・グラウンドも全部が天然芝だった。昔の選抜高校野球大会は、今日より遅く「四月一日開会」を守っていた。だが新年度とはいえ、日によってグラウンド上は薄ら寒い。入場行進は、冬の名残の中で行われた。

プラバンが「陽は舞いおどる甲子園」を奏で始める。選手たちが枯れた芝生を踏んで入場してくる。

ネット裏から開会式を見守る私たちの目に、外野のスタンドは黒一色だった。その同じ球場の枯れた芝生が、優勝戦の日には一面の若緑になり、外野席は真っ白いシャツの色に変わっている。「春はセンバツから」の謳い文句は我が社ながら見事だと、私は感激した。今年も、まもなくその球春が来る。

私がここに語ろうとするのは、昭和二十四年のセンバツ優勝戦十回裏のドラマだが、多くの読者は「ああ終戦の四年後ね」以上の感想を持てないだろう。しかも私が書くプレーは「闘志」「敢闘」などと縁のない、沈着と冷静、瞬間の形勢判断が勝負を決めた試合の話である。

往時の偉人つまり名投手を、ちょっと紹介しておこう。

戦後第一回の夏の全国中等学校優勝野球大会（学制が変わるまで、高校野球はそう呼ばれていた）は、甲子園が進駐軍に接収されていたので、同じ西宮市の西宮球場で行われた。私はそれを、二階内野席で見た。西宮の二階席は「平屋」の甲子園よりホームベースにずっと近かった。

投げるのは浪華商の平古場昭二投手、初球からストライク、ストライク、ストライク、サイレンが尾を引いて鳴り止む前に、平古場は先頭打者を三球三振に取っていた。彼の球は、ホームプレート上でストンと落ちる。魔法を見るようだった。

それはドロップだと、後にラジオが教えた。今のフォークボールまたは落ちるカーブだろうか。とにかく平古場は、水際立っていた。浪商は、むろん戦後初の夏の大会で優勝した。

私の北野中学の同級生で作家の土井荘平君は、我が校の校庭での二度の浪商戦で、ボックスに立ったことがある。「あれは2ストライクになる前に打たんと、どうにもならんかった」と言う。

平古場は慶応、オール鐘紡と進み、その後は小豆島に移ってゴルフ場の支配人をしていると聞いた。数年前、ガスの検針に行った人が、メーターがぶんぶん回っているのに応答がないので不審に思った。警察を呼んで家の中に入ると、平古場は死んでいた。古橋広之進は語られ大松博文は称えられるが、そういう人生もある。

もう少し戦前に遡れば海草中学の嶋、中京商の野口、戦後では小倉中学の福嶋など超人中学生の名が浮かぶ。

旧制の中等学校は五年制だから、少年野球で素質ある子を引き抜くなんて安易なことはできない。ゴム鞠の野球や三角ベースで自信を持った子が、希望して中学の野球部に入る。それを五年かけ、みっちり仕込むのである。

当時の世間が持て囃したのは、職業野球（今のプロ野球）ではなかった。私は西宮球場で、戦時中は改名して須田になったスタルヒンを見ているが、西宮も甲子園も客席はいつもガランとしていた。西宮は6回になると子供はタダで入れてくれた。東は神宮球場の早慶戦、西は甲子園の中等野球。それが娯楽の少ない戦前日本の人気を二分していた。

戦時中、早慶戦の三連投で全国に名を売った早稲田のピッチャー伊達正男氏が、我が北野中学（今の北野高校）へ配属将校として赴任してきたことがある。われわれ生徒は（生徒の父親たちも）興奮した。少尉か中尉だったたと思う。

ある日の教練の時間、伊達氏はホームベースのあたりに立って、宣言した。

「本日、教練はやらん。野球にしよう」

言うなり彼は腰の軍刀を帯革から外し、ドサッと地面に投げ出した。

「刀は武士のタマシイやろ。それを投げ捨てて敵性競技、エエのんかいな」

私はひそかにビクついたが、むろん教練より野球の方が面白かった。ただ、始めてみると沈黙の野球は気の抜けたサイダーである。

「教官、拍手してもよくありますか」

「よろしい。大いに拍手せい」

神宮球場のマウンドで大声援を背負って投げ、満都の喝采を浴びた伊達氏も、堪らなかったのだろう。いま思えば不思議だが、どこからかグローブやバットが現れ、ゴム球ではあったが我がクラスは一時間の野球を満喫した。私はこのときも内心「おべんちゃら言うヤツは、いつの世にもおるなあ」と感嘆した。

やがて戦局は急を告げ、野球ごっこはなくなった。尼崎の道路脇に防空壕を掘ったり神崎の鋳物工場でコークスを炉にくべる「勤労奉仕」だったが、私のクラスは安治川口の鉄道省用品庫へ、我が野球部のエース鈴木宏君（故人）は桜島の陸軍兵器補給廠へ動員され、毎日（学校へは行かず）勤務先へ通勤することになった。中学三年の夏のこと。

軍需工場群の真ん中で、米空軍のB29爆撃機には重点目標である。焼夷弾だけでなく爆弾も投下した。

だが爆撃があれば、必ず爆撃の合間がある。鈴木君らは、休み時間を利用して大人の勤務員と野球をした。

空襲警報が出る。または昼休みの時間が2アウト、ランナー2塁のとき終わる。すると翌日は、同じ2死走者2塁から再開した。鈴木君は、北野中学側の全イニングを投げた。

われわれは幸運にも死なずに中学四年の夏、終戦から数日以内に学校に戻った。部室の錠前を壊してベースを引っ張り出し、石灰でラインを引いた。校庭のあちこちに掘ってある防空壕を埋め戻した。前記の土井君は、道修町の製薬会社へ倉庫番に動員されていたが、これも帰ってきてチーム再建に加わった。

私は戦争が終わったのと同時に、受験勉強を始めた。京都の三高には自由寮という、戦時中とは対極の素敵な名を持つ寮があり、合格すれば家を出ていける。十五歳の男の子に有り勝ちな父親への反抗から家に居づらくなっていた私に、京都の寮への脱出は自由な人生への船出に思えた。

折から菊池正士『物質の構造』を耽読していたし、学校で習う数学は微積分、物理は相対性理論の入口に来ていて、生涯に二度とない知識の海への憧れの年齢だった。狙うは三高理科。私はひたすら勉強した。

当時の学制によると、中学四年を修めた生徒が高校入試に通れば「四修」で進学できたが、叶わず、翌年春に「五卒」で目的を達し、京都へ行った。

その間、北野中学野球部は、勉強などロクにしなかったらしい。

終戦からの立ち上がりが早かったのとグローブが九人分あったからだろう。それとも鈴木君の力投のおかげか、終戦直後の北野中学野球部は強かった。

浪商がある。日新商業、大鉄工業、市岡中学がある。その時代以降は、週刊誌の「高校別大学入試合格者一覧」にしか名の出ない大阪きっての進学校・北野高校は、戦後間もない一時期だけ「大阪の強豪」だった。

ただし野球の理論には疎かった。監督、コーチになってくれる指導者がまだ復員せず、試合前のジャンケンで勝てば先攻を取る。先に点を取った方が気持ちいいから、という幼稚な野球をしていた。

そんな某日である。土井君の記憶では「毎日新聞運動部の林さん」という野球部の先輩が、校庭へ後輩の練習を見に来た。ちょうどバント処理をしているときだった。

この林さんは、「昭和21年夏、大阪の球児たち」という本にも十歳ほど年の違う兄と同じ北野中学野球部のピッチャーで「後年早稲田へ進んだ故林政雄氏」という形で出て来る。鈴木君は兄や林氏が甲子園へセンバツ観戦に連れていってくれたし、家の近くの原っぱで野球部がキャッチボールなどをするときにはタマ拾いをしたと書いてある。

この林政雄氏、実は毎日新聞の人ではなく、北野から早稲田に進んで野球部に入ったが、レギュラーにはなれず、二軍選手の指導を任された人である。

旧制中学で野球はやったが、野球について理論的なことは全く知らない下級生に、早稲田時代の林さんは「野球の常識」を研究し教えるうちに、ひとかどの理論家になっていった。

とにかく終戦直後の某日、「毎日新聞の林さん」と土井君に間違って記憶される人物は後輩たちの練習を母校の校庭へ見にきた。

バント守備をじっと観察した「林さん」は、一段落したところで後輩ナインを集めて言った。

「今日のようなバント処理をやっていては、何十時間やっても上達しない。バントを捕るときは、捕った球をどこへ投げるかを考えながら捕らなくてはならない。さあ、やってみなさい」

遠いカミナリを聞いたような、分かったようで分からない指示だった。しかし先輩のおっしゃることである。その日は、暗くなるまでバント処理の練習が続いた。

当時はテレビもないし、ラジオにも解説者がいたかどうか。少なくともプレーの内容につき論理的、合理的に解説してくれる人など、どこにもいなかった。「次を考えながら捕球せよ」とは、北野野球部の全員が初耳だった。

林さんは、その後ときどき来て、練習を見てくれた。あるとき、こう言った。

「野球は守備なんだよ。相手をしっかり抑えておいて、チャンスが来れば点を取る。それがコツなんだ」

林さんは一塁側と三塁側に直径一・五メートルの円を描き、自らバントをやって見せた。打球は全部、円内で止まった。

無茶苦茶に闘志を出しさえすれば勝つと思い込んでいた中学生に、林さんは冷静と沈着つまり「考えること」を教えた。革命的な意識改革だった。

まさかと思った効果が、ジワジワと表れた。「北野の堅守」は、徐々に評判になり、不思議にも打撃も向上した。土井君は「ライトで8番」（いわゆるライパチ）だったのに、打順が6番さらに1番へと昇格した。「相手を読む」ことを知ったからだろう。

普通なら甲子園の土を踏めるような身分ではないが、林さん伝授のユニークな野球哲学を持っていたので、出場校に指名された。センバツ会議の席でも、コネの多い家の人だったらしい「林さん」が北野を強く推してくれたらしい。

さて話の中心に移って、問題の優勝戦。昭和二十四年の春である。北野には安心してマウンドへ送れるエースがいなかった。監督も、まだ専門学校生の人に頼んでやっていた。（ただし、この人、清水治一氏、通称じーやんは、北野の同期に、藤田田「日本マクドナルド創始者」、熊谷直彦「三井物産会長」、松本善明「衆議院議員」がいるが、一番早く世間に知られた。23歳で、最年少全国優勝監督、になったのだ。その後、まき・ごろうの名で、児童文学、幼児教育の分野で、ユニークな活動を展開した。『おれたちゃ高校の野球バカ』黎明書房刊の著書がある。故人）

右のピッチャー山本次郎は、球速はあったがコントロールがない。左の多湖隆司は制球はいいが球速が足りない。インニング中の投手交代などを遣り繰りしているうちに、気がついたら優勝戦まで生き残っていた。

相手も戦前の予想にない芦屋高校（兵庫）。投手・有本は知られていたが、北野と同じくまさか優勝戦まで来るとは誰も思わなかった。

北野vs芦屋。ファンは意外を通り越して腰を抜かした。大阪vs兵庫。共に地元。長い中等・高校野球の歴史だが、こんな取組み見たことない。甲子園は超満員になった。

北野（先攻）の先発・山本は一回一死後に三連続四球を出して早くも外野にいる多湖と交替。滑り出しから何か起りそうな優勝戦だった。

それでも八回を終わったところで北野2対0芦屋。栄冠は北野の目の前にぶら下がった。ところが九回裏に追いつかれ、一死三塁で逆に芦屋サヨナラ勝ちの形勢になった。北野はセンターから山本をマウンドに呼び戻し、その荒れ球でスクイズを防ぎ、走者を三本間に挟殺、優勝戦は、その大会初の延長戦になった。大観衆はワーワーの大騒ぎ。

延長戦に入ると同時に雨がシトシト降り出した。十回、北野は多湖の適時打で2点を勝ち越した。今度こそ優勝旗とナインも思ったしスタンドも思った。京都の下宿でラジオに齧りついている私もそう思った。

だが芦屋は驚異的に粘った。北野にリードを許した十回裏、四球やエラーを絡めて4対4の同点とし、なおも一死満塁。今度こそ栄冠は芦屋の手の届くところに来た。

もう後がない。北野の外野は前進守備。要は三塁ランナーを絶対に帰さないことだから、三人がセンター寄りに位置を変えた。マウンドには2四球を出した山本に替えて再び多湖を立てた。

芦屋の打者・石田のバットが一閃、打球は左中間のライナーだった。だがセンターよりに守っていた北野のレフト長谷川圭市は、横っ飛びに飛び付き、ボールが地に落ちる前に掬い上げた。

観衆の目は、ラジオを聴いていた日本全国は、芦屋の三塁ランナーに釘付けになった。いったん塁を飛び出した芦屋の三塁走者はあわててタッチアップし、ホームベースに向かって疾走、頭から滑り込んだ。ボールは来ない。ワーッと甲子園がどよめいた。ＮＨＫラジオの野瀬アナウンサーも「芦屋高校、優勝」と叫んだ。

芦屋ベンチから選手数人が飛び出した。ホーム前に整列、帽を取って礼、バックスクリーンに上がる校旗、校歌演奏。優勝旗を受けるためである。

だが浜崎球審はホームインを宣告しなかった。駆け寄ってきた芦屋の選手に「早く守備につきなさい」と命じた。「はぁ？」

北野のレフト長谷川は、球を摑むと同時に、彼に最も近い二塁を見た。二塁はランナーがカラだった。二塁に入った市石巌を目がけ、矢のような球を送った。久保田塁審が高く手を上げてくれた。アウト。

浜崎球審にもよく見える塁審のゼスチャーだった。しかもそれは、芦屋の三塁ランナーが滑り込んでくる一秒かその何分の一か先だった。つまり彼がホームインのとき、すでにダブルプレーが成立していたのである。

気落ちした芦屋は、十二回表に決勝点を取られ、栄冠は私の母校・北野高校の頭上に輝いた。

北野で同期（60期）の鈴木宏君の遺した戦後回想書、野球部にいた土井荘平君の話、劇的な試合をスタンドから見た河野英通君のメモ、元毎日運動部の長岡民男君の調査に助けられて、六十五年前のプレーを右に再現した。私は一つ一つのプレーに冷静と沈着を要求した「林さん」の声を聞かずにいられない。

私が調べたところでは、林さんは早稲田から川崎重工に入社、その一方でオール神戸に属して野球を続けたが、阪神大震災で亡くなった。

北野ナインは「林さん」の教えを守り、次の一瞬に備えていた。十回裏のあの状況では①外野にゴロが来れば北野の負け、②フライが来れば本塁へ投げてホーム・ゲッツー、③ライナーが来れば二塁に投げてベースゲッツー、のどれかである。その練習もしていた。「バントを捕るときは、どこへ投げるかを考えながら捕れ」、「野球は要するに守備だよ」の林理論に基づく頭脳プレーだった。

野球の監督もコーチも、何より優先して選手らに「闘志」を求める。つい手が出て、選手をひっぱたく。だが野球は面白いスポーツだから、黙っていても十代の男の子は闘志を燃やす。問題は沈着、冷静な心掛けと「二塁がカラだ」と見たときの判断を、沈思黙考することなく行動に移せるかどうかである。それで勝敗が決まる。

いまや私の母校は弱小野球チームしか持てないようだが、少なくとも昭和二十四年に一度だけ、卓抜した資質を備えたときがあった。

（なお、優勝はその一回だけだが、その前もその後も何年か続けて甲子園には出ており、つまり戦後数年ぐらいは、「考える野球」を受け継いでいたのか、進学校としては異例に、大阪では野球の強い高校だった）

（「新潮45」二〇一四年四月）

ライパチ

土井荘平

大阪の中之島公園をまたいで架かっている天神橋は、橋の中途からグルグル回りの螺旋階段で公園に降りることができ、降りたところから西に拡がってあったグラウンドは、私にとって小学校上級生の頃の思い出がある懐かしい場所だ。

平成八年三月、会合で言葉を交わしたことのあるジャーナリストの黒田清氏に手紙を書いた。何かおもしろいことがあったら手紙をくださいと名刺をもらっていたからだった。

彼は当時スポーツ新聞の『日刊スポーツ』に「ニュースらいだー」というコラムを毎日書いていて、そのコラムに掲載された私のその手紙と黒田氏の感想は……。

＊

「球春通信」(1)

(昨日予告した球春にふさわしい手紙を下さったのは、大阪・豊中市の土井荘平さんだ。はじめにライパチと書いてある。ハハン、いつもライトで八番を打っていたんやな。…黒田氏)

ライパチ

……しばらく前、黒田氏やお兄様が少年時代野球に熱中されておられたころの事を拝見し、当時近くの小学校に通い、年上の人たちと野球に明け暮れていた日々を思い出し懐かしさがこみ上げました。

（嬉しいな。その懐かしさがこみあげてのお手紙なのか）

今ごろになってお手紙を差し上げるのは、小生の中学時代のチームメイトの訃報に接し何とも寂しく、寂しさのあまり、今日は彼岸の中日、思い立って書き始めた次第です。

（すみません、そういう次第でしたか。謹んで読ませて頂きます）

私は昭和四年の生まれで、いつごろから野球に興味を持ち始めたのかはよく憶えていないのですが、低学年のころは、ゴロ野球の毎日で、独りの時は、近所の煉瓦建ての銀行の壁にボールを投げつけて、返ってくる球を受けるのを飽きもせずに繰り返していた記憶があります。

（ウワーッ、年齢は僕より一つか二つ上ですけどまったく同じ事をやっていたんですね）

四、五年生になって、近所の中学生が誘ってくれて、日曜日には、一人前にグローブ（と言った）とバットをかついで、天神橋下のグラウンドへ町の青年団？　チームについて行った。

私は球拾い専門でしたが、たまに出してもらいました。大差の負けゲームの終わり頃だったのでしょうか。また選手が足りなくて最初から出してもらったこともあり、そんな出してもらうときは、ライトで八番バッターと決まっていたように思います。

(わかるわかる、典型的な野球少年、典型的なライパチ君ですね)

戦後、誘われて野球部再興のメンバーになりました。旧制中学の四年生でしたが、一年上の学年が四年で繰り上げ卒業になっていたので、二年間最上級生でした。いろんな運動部が一斉に再興され、正に百花繚乱、放課後はまだ一部に畠が残っている運動場で入り乱れての練習でした。……

(思い出しますねえ。僕はそのころ家が焼けて、京都の田舎から大阪の中学に通っていたのですが、毎日暗くなるまで、野球、バスケット、卓球、ハンドボールと、何にでも熱中してましたね。家に帰るといつも八時、九時でした。おなかすかして走り回って、今思い返してみると、わが人生であんなに楽しい時代はなかったように思います。そんな思いで甲子園の熱闘をテレビで見ているとと感無量です。ところで土井ライパチ選手のその後は?)

「球春通信」(2)

(中学時代の野球部のチームメイトの訃報に接して、当時をしのぶ手紙を下さった土井さんの手紙の続きです)

一六五センチしかない私はセカンドで一番か二番が望みでしたが、監督の指示はライトでした。そして、はじめての試合、打順は八番でした。いわゆるライパチがまた私の定位置になりました。恥ずかしくて親にも言えぬ思いでしたが、しかし仕方がないと思い直しました。他の連中のほうがはるかに上手なのを認めないわけにはいかなかったのです。特に四年の四人の力がわれわれ五年の野手より上でした。私は自分で自分の非力を嘆きたくなるほどで思いっきり振っても打球が飛ばなかった。しかし楽しかった。戦争の終わった解放感をぶっつけるように夢中になりました。

(ええなあ、すばらしい青春や。すばらしい思い出や)

そしてある日、早稲田を出た先輩が来て、なんだお前のバッティングは、と怒鳴られた。厳しかったが、手取り足取りの理詰めの指導で、私ははじめてバッティングというものが解りました。タオルを絞ったようなかたちでグリップを柔らかく、投球に合わせてのスウィング、ミートの瞬間に力を集中する。毎日やっているうちに、打球の勢いが変わってきて、内角は左へ、外角は踏み込んで右へ、おもしろいように内野の頭をライナーが越して行く。この時、私は物事の基本の大事さを身をもって知りました。打順が六番に上がり二番に上がり、かっての念願だったトップも打たせてもらった。

(やりましたね。ライパチ君の打撃開眼や。ほんまに当時は、テレビもないし、教えてくれる先輩もなかなかいなかったし、大変やったんや。それはそうと、土井さん、あんた、どこの学校やのん?)

私たちの学校は、私の卒業した翌年、春の選抜に出場し、その次の春、全国制覇をなし遂げるという、府立の進学校としては、今では思いもよらない快挙を遂げた北野高校です。先ごろ亡くなった友はFという、はじめ投手で後にファーストをやった、大柄で強面で睨みを利かせた、いわばジャイアン的な男だったのですが、野球を始めてからすっかり変わって、練習に打ち込み、最後になったゲーム、内野ゴロで一塁へヘッドスライディングで飛び込んだのを今も覚えています。彼は後にタイガースの村山投手を育てました。村山は、私のフォークボールは高校時代にF先生から習いました、と言っていて、村山が野球殿堂入りした祝賀パーティでは、村山の隣にFが座っていました。古い友の冥福を祈ります。

(そうでしたか、あんた北野ですか。おおきに、ええ手紙を読ませてもらいました。もちろん、おぼえてまっせ、あの北野高校の優勝。それに北野には、僕の小学校からの友達がいて、野球をやってました。ホラ、土井さんの一年下にいたでしょう。W君。明日は彼のことを書きます)

翌日、翌々日と二日にわたって黒田氏は、W君と彼自身とのことを書いている。

それは、こんな風に書き始めていた。

(敗戦から間もない時代の野球体験を書いてきてくださった土井荘平さんが、北野中学の選手だったと知って、私はすぐ、友人のW君に電話をした。彼は小学校時代の同級生で、北野中学時代、野球部で活躍していたからだ。そして、旧制高校時代には、私と一緒に野球をやり、三遊間を守った仲である。

「おい、北野の野球部にいたという土井さんって知ってる?」

「知ってるよ。一年上に居てはった人や」

「そのころのこと覚えてるやろ。手紙に書いてくれや」

黒田という人は、手紙を書かせてそれを見て書く、というやり方が好きだったのか。

あるいは、翌一九九七年に膵臓癌の大手術を受けた彼は、このコラムを書いていた頃すでに健康を害していてこんな取材方法をとっていたのだろうか。（彼は二〇〇〇年、癌が肝臓に転移して病没した）

私の卒業した翌年、北野中学は大阪府の秋季大会で、当時大阪の中等学校の野球界に君臨していた浪商（浪華商業）を決勝戦で破り、遂に翌春のセンバツ大会、甲子園への切符を手に入れた。W君たち五年生は卒業してしまうところだったが、すでに新制高校への移行が決まっていて、翌春は第一回の全国新制高校の選抜野球大会が甲子園で開かれることが決まっていたのだった。

しかし、学制切り替えのこの時期、W君たちの学年は、旧制中学を五年で卒業して旧制高校へ進学する道と、残って新制高校の一期生になって一年後に新制大学へ進む道のどちらを選択するかは個人の自由にするという方法で、旧制の学制から新制の学制への切り替えが行なわれたのだった。こうしてW君たちは選択の岐路に立たされたのだった。

その上にW君には甲子園に出るか諦めるかの選択も迫られたのだった。将来野球で身を立てようとするような学校の選手たちは問題なく甲子園行きを択んだであろう。だが私たちの学校の生徒ではそうはいかない。W君は旧制四高の入学試験に合格していた。旧学制において旧制の高校を出れば東大、京大などの旧帝国大学へ進むことが約束されており、それが日本のエリートコースだった。しかしそこへ入学すれば甲子園は諦めねばならないのだった。進学校の生徒らしくW君は四高へ進み甲子園を諦めたのだった。

四高合格の電報を持ってW君はチームメイトの待つ学校へ行けずに、街をさまよったという。

そして黒田氏は、次のように締めくくってこのコラムを終わっている。

(たかが野球、されど野球。人によって春は甘く、また、春は苦い)

(以下、二〇一九、一、一〇加筆)

ところで、ライパチという言葉、野球好きのかたには説明するまでもないことだが、野球に詳しくない方々、特に女性の方のなかには、チンプンカンプンの方も居られると思うので、ちょっと説明しておこう。

守備位置がライトで八番バッターの略語なのだが、例えば子供たちが野球を始めるとする。一番上手な者が投手になり、四番バッターになる。それから次々と夫々の守備位置と打順を決めていく。最後に残った者がライトを守り一番どうでもいい打順の八番を埋める。というのが一般的なのだ。(プロとか強い学生のチームとかは違いますよ。例えばイチローはライトが定位置であるように。実はライトは守備が難しい大事なポジションなのですが、素人野球では一番下手な者の定位置と昔から決まってました。）
言い換えればライパチとは、下手の横好き、の象徴といえる言葉なのです。「野球だけではなく、あなたの文学もライパチなんですね」ってか。そうなんや。なんでや！　誰だ、そんなノリ・ツッコミさせたヤツは。そんなホントのことを言ったらシャレにならんがな。

そんな履歴もあって、私は大の野球好きである。徳岡君も野球好きであり、詳しい。中学時代は運動部には入っていなかったが、それは受験勉強に専念するためだったのではないか。黒田氏が大阪府立高津中学（織田作之助の母校）で運動部に入らなかったのはそのためだったと言っていたように。

毎日新聞にいたころは新聞社対抗の野球でキャッチャーとして活躍したらしい。

そんな彼と私なので、最近は同じ試合の中継を、眼が悪くなっている徳岡君はラジオで私はテレビで見ていて、試合の終了後には、ああだったとかこうすべきだったとか電話で話すことが多い。なお、野球は多分弱かったのだろうが、戦前の北野中学の野球部の先輩には、京大滝川事件の瀧川幸辰（ゆきとき）教授や画家の佐伯祐三の名が残っている。

（「文学街」二〇〇八年一月所載より抜粋改訂）

御先祖様になる話

徳岡孝夫

これは、私が生きながらにして御先祖様になった話である。それは、私だけに特殊な、思い込みのような一晩だったかも知れない。しかし同じような体験は、世の老人一般に起こり得る筈だから、御参考までに記すことにする。順を追って話すが、まず簡単に自己紹介しておく。

首都圏に三十年も住んで、休まずに翻訳したり雑文を書いていると、自然に出版社の編集者に知り合いができる。年に一度か二度の何かの賞の授賞の前に、名前を思い出してもらえる。思い出してくれさえすれば、誰にだって一つや二つは個性なり長所があるから、受賞者の員数に入れてもらえる可能性が生ずる。私も、なぜ貰うのかよく判らない賞を、三つ貰った。

謙遜でなく、自分が賞に値する名作を書いたとは思えない。「東京サロン」という、社交サロンに似た相互称賛組合に出入りするうちに棒に当たっただけである。賞金百万円というのもあった。イイ気になって授賞パーティで挨拶したが、源泉徴収してないカネだから確定申告の日にゴッソリ取られ、青くなった。ちなみに世に名高い芥川賞は、正賞・時計、副賞・百万円だそうである。

D君は、私の中学時代の同級生で、従ってすでに古希を超えた老人であること、私に等しい。中学時代は、野球部でライトを守っていた。といっても、戦中から戦後にかけての五年間（旧制中学）のことだから、いまの野球とは野球が違う。グローブもボールも自分の手で縫い、開墾地を平らに戻したがデコボコの残る校庭で、打ったり走ったりしていたのだ。

彼もいま首都圏に住んでいるが、われわれは大阪人である。そうは言っても、ナンカシテケツカルネン、ドタマハッタオシタロカの吉本興業製大阪人ではない。D君は西天満の出身。西鶴の「好色五人女」によく出る、古い街柄である。私は島之内生まれ船場育ち。ただし中学生の頃は大阪市内（昔は「煙の都」と呼ばれた）の煤煙を避け、阪神間の住宅地から阪急電車で通学していた。

D君は商売のかたわら、小説を書き続けてきた。郷党の先輩である織田作之助に似た、大阪弁交じりの饒舌体で綴る。私も著書を貰って読んだ。構成・描写・文章とも巧いが、惜しいことに舞台が悪い。彼と彼女が相生橋（あいおい）のたもとで会（お）うた、と書いても、東京の読者は何の感興も催さない。道頓堀を出外れた、ネオンが遠くに光る淋しい橋のあたりを、読者が想像してくれない。大阪の風景は、彼らの心にイメージを描かないのだ。編集者も同様に、大阪という町を知らず、知る気がない。そのくせ「新宿ゴールデン街のとっつきの……」といった表現のある小説を平気で載せる。現代文藝を含む情報産業は、甚だしい一極集中産業である。

そういうハンデがあって、D君は文学賞には無縁のまま今日に至った。しかし無冠だが作家は作家である。それに反し、私は半生を新聞記者として過ごした。作家は文章を扱うが、新聞記者は世間を扱う。同じように原稿用紙に書くが、格が違う。作家は文を操りつつ神に近付く。記者は虫のように地べたを這い回る。そういう差があるから、私は日頃から作家なる人種に畏敬の念を抱いている。以上が、少し長くなった予備知識である。これからが本題になる。

私のところに芥川賞・直木賞の授賞式および披露パーティの案内状が来た。いつも来て、いつも「欠席」の返事をする。今回も欠席のつもりで、取り敢えず封筒を机上に積んだ資料の上にポンと置いた。そのうちに少し気が変わってきた。

今回の受賞者は二人の若い女である。それも十九と二十歳というので、すでに新聞に大きく出た。二人は現代のスターになり、彼女らの本は飛ぶように売れているという。

私はひそかに、笑わせんなよと思った。小説なら、われらの世代の常識は鷗外、四迷、紅葉、漱石、秋声、それに芥川龍之介や志賀直哉先生である。いずれも深く考える人である。人生の浮き沈み、人間という天使と悪魔をよく知らず、焼夷弾の降ってくる下に坐ったこともなく、夏空にペンペン草茂る真昼に立って詔勅を聞いたこともない小娘に、読むに堪えるものが書けるというのか。チャンチャラ可笑しい。賞も浮世の流行り物であるから、たまには奇抜なこともあろうが、いくらなんでも十九やそこらの女の子とはね。女で、小説書くんなら、林芙美子の『浮雲』読んだことあんのか。

そのうち、不思議なことにフト気が変わった。待てよ、これは意外にオモロイ社会現象とはちゃうやろか？　そのトシの娘なら、外見かわいらしいのに決まっている。いっぺん顔見たろか？　私はさらに考え、D君を誘っていくアイデアを得た。すぐ電話を取った。

電話だから顔は見えないが、彼は鳩が豆鉄砲をくったような声を発した。何やて？　と答えた大阪弁のニュアンス、ちょっと東京の人には説明しにくい。

私は我が行動計画を説明した。われらより五十以上も年下の娘が、作家としてデビューする現場を見るのも一興ではないか、成功というものがどんな形をとるものか、他人事だからこそじっくり観察できるではないか、だいいち君は、まだ芥川賞を取ったことがないだろう。何事も経験だ。一度パーティに出ておけば、受賞したときまごつかない。一緒に行ってくれよ。年寄りは、引っ込んでばかりいるのが能ではないよ。どや、ガール・ウォッチングや思て、一緒に行ってぇな云々。

話してるうちに、D君も乗り気になってきた。よっしゃと引き受けた。私は、日本文学振興会にいる知り合いの元編集者に電話してD君の住所氏名を告げ、パーティの招待状を出してもらった。二月某日、東京会館が、娘作家たちの晴れ舞台である。それから、私自身の出席通知を出した。数日後、彼に電話した。

「招待状、来たか？」

「来た、来た。行くわ。こらオモロそうや」

われわれ大阪人は、東京の地理に疎い。そのうえ私は視力が弱く杖を曳く身なので、初めての場所には行きにくい。D君は小田急沿線、私は横浜からJR。有楽町駅前の電気ビル二十階、外人記者クラブにパーティの始まる三十分前頃と、私が東京で知る唯一の待ち合わせ場所で落ち合うことに決めた。

えらいこっちゃと、数日後に彼から電話が来た。手術後の女房が、まだ後遺症の心配をしている。たとえ経過良好でも、有楽町まで何時間何分かかるか見当がつかんから、いっそのこと東京のホテルに一泊することにする、と言う。野次馬根性に発した授賞式ウォッチングが、少し大袈裟なことになってきた。

さて当日である。冬の夜はとっぷり暮れていた。D君は、なぜか記者クラブ従業員用エレベーターから二十階のロビーに出てきた。会って話すべき近況は、すでに日頃から電話で話している。

「ほな、そろそろ行くとするか」

「行こ。ちょっと早いけど」

「早かったら、向こうで待ったらええやんか」

まもなく取り壊される予定の元日活国際ホテルの裏をゆっくり歩いて御濠端に出、右に折れて丸の内警察の前を通った。人通りが少ない。視力が弱いため日の暮れた後は外出できない私にとって、珍しい夜道である。

第一生命ビルの前を通った。

「マッカーサーがいはったとこや」

「そや。さすが大きい。夜分こうやって見上げると、よけいごっつう見えるなあ」

「ここで憲法つくりはったんやろ。憲法守れちゅう人間は多いけど、誰もマッカーサーの誕生日祝おうたろという者おらん。なんでやろ」

「ほんまや」

「そやけど、これ二月やろ。ぬくい晩やなあ」

喋る間もなく着いて、東京会館の入口を入ろうとして、私の名を呼ぶ声がした。旧知の編集者だった。いま『文藝春秋』の編集長だと聞いている。D君を紹介し、二人は名刺を交わした。

「芥川賞のパーティとは珍しいですね」

「なんぼ商売かもしれんけど、あんたとこの会社もエゲツないことしはりまんなあ」

(と、私はおどけて言った)。

「へ、へ、へ、百五万部増刷しましたよ」

「ひゃー、儲かってたまらんやろ」

雑誌を正規の発行日に出した後で追っかけ増刷するのは、普通にあることではない。増刷しても、寄稿者には一銭も払う必要ないから、出版社は丸儲けである。しかも、あの分厚い『文藝春秋』が百万部！　目方で東京が沈みそうだ。むろんエゲツナイと私が言ったのは冗談で、売れるものなら、どの出版社でも増刷する。

「ほな、あとで」と編集長と別れてエレベーターで会場に着いた。まだ五分前だが、受付のテーブルが出て、すでに文春社員が並んで待機している。まずオーバーを預けてから、私はわざと覚束ない足取りでテーブルの前に進み、一礼して名を名乗った。

「綿矢の祖父でございます」ちょっと驚かしてやろうと思ったのである。

「あら、徳岡さんじゃありませんか」

私の視力ではよく見えないが、たちまち正体を見破ったのは、二十年以上も前から知っている文藝春秋女子社員の声だった。改めてポケットから招待状を出し、胸に赤い造花を差してもらった。D君も花を付けてもらっている。

「何や知らん、晴れがましいこっちゃ」

「君、ホンマに芥川賞貰てみィ、こういうエエ気分になるんやで」

「あほらし、手遅れちゅうもんや」

「まだ少し時間がございますけど、どうぞ御入場下さいませ」と促され、われわれは会場の大広間に入った。入ってすぐのところに衝立を並べて立て、仕切りがしてある。と、そこへまた別の編集者が私を見て声をかけた。ついている杖の功で、私は目立つのである。彼は衝立の一枚をそっと引いて隙間を作り、われわれを招いた。

「まだ早いけど、構いません。椅子にかけてゆっくりしていて下さい」

何年も前から知っている編集者である。私はＤ君を紹介し、二人の間に名刺の交換があった。

「この会場は、カレーが美味いと評判です。忘れずにカレーを食べてって下さい」

「そうですか。おおきに」

「ところで徳岡さん、今度の受賞作は読んだんですか」

「もちろん読んでまへんがな。十九の娘にまで手ェ回らへんから」

待つ間もなく衝立が大きく左右に取り払われ、大勢の人がゾロゾロ入ってきた。敬老精神の発達したコンパニオンが、真っ先にわれわれのところに来て、水割りを握らせた。椅子にかけたまま、二人でくつろいで飲んだ。他の人はみな立っている。立錐の余地もない混みようで、ただ知った顔は一つもない。顔だけ知ってる小説家も見かけなかった。誰にも邪魔されず、私たちはゆっくり話し、ゆっくり飲みながらメーンイベントを待った。

「Ｄ君、これ、どういう気持ちか、わかるか」

「どういう気持ちて、どういう意味やねん」

「お盆に帰って来はる御先祖様は、きっとこういう具合やないかと思うんや。住み慣れた家に戻って、誰かが窓を開けたスキにスルリと自宅に入る。入ったのはええけど、霊魂やから生きてる者の目ェには見えへん。御先祖様は生きている者に遠慮しながら、ちょこんと坐っている。生者の視線はときどき御先祖の方を向くが、見えないから焦点を結ばず、通り過ぎる。ほら見てみィ」

私は、周りの人々をＤ君に指し示した。自分でも奇妙に感じるほど、大勢の客が私の言った通りの無関心な目つきで、われわれを見ては目を逸らした。

そのうち、周囲の人々から色が消し飛んだ。私の目には、あたりの人や物がモノクロになり、彼らの喋る声も消えた。芝居の「だんまり」から色彩を差し引いたような、これまで見たことのない光景だった。彼らは私の周り、手を伸ばせば届く近さに立っているが、彼我の間には遠い遠い距離がある。彼岸と此岸（しがん）の距離だ。

「生者の中には、生前の御先祖様を知ってる者も、おらんわけではない。現に今夜も、会場の外で一人、中に入ってから一人、われわれが来たのを認めて声をかけた者がいた。一人は窓を開け、お盆に帰ってきた御先祖様を家の中へ入れてくれた。でも彼らは、生きている者同士の交際に忙しい。あ、御先祖様が帰ってると見ても、目礼するだけで、それ以上の落ち着いた話はしない。Ｄ君、生きている者は、みな忙しいんだよ。やがて送り火に送られて、われわれはスーッと冥界に戻っていく。こうやって話してるボクなんかも、もはや半分死んでるんだよ。きょうも長居は無用、だが、何とうまい具合に、御先祖様そっくりの気分を味わえるもんやな」

人間はある日、突然死ぬのではない。歳と共に徐々に死んでいく。死者も、死んだからといって、いきなり十万億土に行くわけではない。四十九日、あるいは一年七年、生きて住んでいた場所のあたりをうろうろしている。単なる民俗信仰ではない。現に私は、四十五年連れ添った妻に死なれて三年、いまもテーブルの元の位置に座って食事をしているが、向こう側の妻の定位置に、ときどき彼女の肩の線をありありと見ることがある。幻覚ではない。見えるのだ。

「そやなあ。生きてるうちに御先祖様になってしまうのも、悪うはないわな」

「君、ちょっと触ってみィ。ちゃんと足ついてるか？」

「あほらし、ま、少なくとも御先祖に似てるところはあるわな。君んとこでは、お盆の精霊流し、どこでしたんや」

「太左衛門橋の北詰で、道頓堀に流した」

「そら、道頓堀を水が流れてた昔の話やろ？」

「いや、流れんようになってからは、区役所の団平船があそこで待ってて全部の精霊さんを引き受け、大阪湾まで持っていって流してくれはる仕組みになってたから」

「いまじゃ、そこへ生きてる虎キチが飛び込んどるわ」

「メタンガス吸うてまんまんちゃんになったら、生き霊やがな」

「は、は、あほらし」

会長がマイクの前に立って挨拶し、選考委員長が挨拶した。その後で、いよいよ受賞者の番が来た。カメラマンがワーッと演壇を取り巻いたらしい。われわれ二人はグラス片手に椅子にかけ、他の人はみな立っているから、人間の壁に遮られて声しか聞こえない。二人の受賞者のうち「背中」と「ピアス」のどちらが先か、聞き漏らしたが、なかなか上手にソツなく喋っている。一度二度、彼女は会場を笑わせた。まあ笑うだろう。娘っこが賞を取った。みんな笑う心の準備をして来ているのである。

「達者なもんやなあ」

「そやそや。女は十六になったら、もう誰でも子ォ産めるねん。度胸でけとる。それに比べたら、男なんて他愛ないもんや。われわれ、あきまへんなあ」

二人目の女の子が登壇した。相変わらず見えない。

「おいD君、せっかくここまで来たんや。目玉商品見ずに帰ったら損する。どや、ここらへんのお客さん、全員われわれより年下やろ。ちょっと失礼して、椅子の上から覗かしてもらわへんか？」

「そらエエ考えや、そうしよ」

D君と私は靴を脱ぎ、椅子の上に立って背後の太い柱につかまった。場所がよかったので、ひしめく百人ほどのカメラマンの頭越しに本日のスターが、私の目にもハッキリ見えた。

短めのスカート。ハイヒール。いいスタイルしている。スラリとそろえた脚。視力さえあれば、ピアスが見えるところだ。私は、並んで柱につかまっているD君に囁いた。

「これ、フィギュアスケート選手の優勝祝賀会ちゃうか？　入口、間違えたんやないやろな」

「アホ言いな」

そんな小娘に小説書けるかと、せせら笑っていたが、こうやって見る「現場」の「主役」には、やはり否定できない現実感がある。三十か四十くらいまで、彼女らは同じ体型を保っていることだろう。しかし、われわれが彼女と同じ二十歳だったとき、戦争に負けたから徴兵検査はなくなっていたが、当時はこの子と同じくらい痩せていた。そうだ、隣の朝鮮半島では戦争が始まっていたのだった。日本の青年も駆り出される危険があった。

船場の住宅兼事務所の我が家で、何やら長く難しい話をしていた父が、受話器を置いてから言った。

「M社はん（いま大総合商社）からや。パラシュート用の絹布を至急五百枚分、何とかならんか、調達でけへんか、開いても開かんでもええから、というんや。ｘｘ日までにとは無理な注文やから辞退さしてもろた。だいいち、開かんパラシュート作るような阿漕なこと、でけへん。M社も罪なことしよるわ」

私は、飛行機から飛び出した瞬間、自分のパラシュートが開かないのを知ったアメリカ青年の気持ちを想像した。気の毒だが、私がその立場ならワッハッハッハッと笑いながら落ちて行くことだろう。

若者の死は、とくに驚くべきことではない。私自身、ラジオの「敵機約X百機、紀淡海峡上空を北上中」という空襲警報を聞いてから、その目標である西大阪の工場街の動員先へ出勤したのだ。十五のときである。勤労動員は、D君と同じ中学から行った。学校から全員が行くのだから、断るすべがない。つまり強制労働だ。なのに戦後、誰も学校を訴えなかったし、いまだに政府を訴えない。なぜなら、そのとき国が戦争していたからだ。

それに比べりゃ、この有様はどうだ。人は装い、酒は溢れて流れ、美味佳肴は皿上に盛ってある。しかも全部タダだ。死ぬまで殺されることのない世の中。十九や二十歳の娘を壇上に立たせ、偉い偉いと褒めたたえる。賞を与える選考委員も、もはや防空壕に入った経験ある者は寥々だろう。これ文学？　あいつら、いったい学校で週に何時間、漢文習うたというんやろ、「長恨歌」暗唱してみろ。

壇上の受賞者は、気のきいた挨拶をしている。「決して受賞に驕らず、今夜もパソコンに向かいたいと思います」と殊勝なことを言っている。それで分かったが、いまは、機械で原稿を書くのだ。文は筆墨と無縁のものになった。われわれに漢文を叩き込んだ小松先生が生きてられたら、どう仰ることだろう。聞けば選考委員の一人は、横書きの原稿を編集者に渡すという話である。

聞くだけ聞いた。浮世のことは、すべて分かった。おさらばしよう。椅子から降り、お勧めに従ってカレーを頂戴し、オーバーを受け取って、D君と私は外へ出た。夜の丸の内は人影まばらだ。一生を盥と洗濯板で洗濯してきたお祖母ちゃんが、お盆にこの世に帰って、鼻うた歌いながら洗濯機回してる孫娘を見たら、きっと私と同じ心地になるだろう。時は、かく過ぎゆくのか。

「君、どこのホテルに泊まっててんねん？」

「ステーションホテル。東京駅の赤煉瓦の三階や」

「ほー、そら便利なとこにしたなあ。明日の帰り、ラクやわ」

「俺がパーティに出てる間、女房は何年ぶりかで夜の銀座を散歩するという段取りにしたんや」

「頭エエわ。でも奥さん大丈夫なんか？」

「今のところ転移はないと、医者は言うとる」

まだ遅くない。東京駅へ行く途中の飲み屋に立ち寄ることにした。すしや横丁の昔から有楽町にあったビヤホールが、なんとかフオーラムの中へ移っているのだ。

「もう一杯だけ、どや？」

「エエなあ。ほな、ちょっとだけ寄っていこか。しかしお前、エライ人、知っとるなあ。編集長と常務やったぞ」

「ヘエー常務か。そら知らなんだ。一緒に仕事してた頃は、あれがみんなヒラやったんや。御先祖様が生前に知ってた少年がおとなになって社長になる。それもやがて七十翁八十翁になり、御先祖様の仲間入りをする。世間は、そういうふうな順繰りとちゃうやろか？」
「うん、まあ、そんなとこやろ。しかし、二月というのに、ぬくいなあ。昔の二月は、もっと寒かったと思うけど」

（「EN-TAXI」二〇〇四年六月）

小商人（こぁきんど）（昭和者がたり、ですネン）

土井荘平

　年金生活のある日、十年以上も前に死んだ友人の息子から、突然ゆうメールでカセット・テープが送られてきて、同封の書状に、「親父の最後の言葉です。聞いてやってください」とあった。

　その数日後の夜に、彼から電話があった。

「すみません。中学以来ずうっと親父と親しかった小父さんに是非聞いてもらいたいと思いまして」

「ああ、懐かしかったよ。もう二回聞いたよ」

と答えたが、それは、こんなテープだった。

＊

あっ、エライすみません。弁護士先生にわざわざ病院まで来てもらったりして。痛みがひどくて、辛抱できんようになってしもうて、この病院へ倒れ込んだんです。痩せてますか。そうでしょう。何しろここのところ、胃が痛んで満足に食べてないんです。牛乳だけで、何とか倒産せずにおきたいと走り回ってましたんですけど、アキマヘンでした。不渡り食らってしまってアウト、私の身体のほうももうアウトです。もう牛乳も受け付けんようになってしまったんです。

この点滴、痛み止めも入ってますさかい、いくらかマシですが、もうどうにもなりません。私には胃潰瘍だと言ってますけど、ガンでしょう、多分。医者と話してきたあとの家族の顔色見て、そう思いました。

癌なら、こんなに痛みがひどくては、もうながいことはありません。これは会社を始末しとかなアカン、そう思って、先生にご願いするようなわけです。

会社と言っても、社員は六人、借事務所で、商社、と言ったらカッコエェけど、ブローカーみたいなもんで、お渡しした試算表、そんな状態なんです。不動産一つあるわけじゃなし、輸入した商品がちょっとあるだけです。昭和四十年から二十何年もやってきた、言うたところで、何の含みもできてません。

個人企業みたいなもんですから、私がこうなったらもうどうにもなりません。潰れた取引先と融通手形をやってましたんで、これから次々に手形の不渡りが出ます。名義だけ役員になってもらってた他人に迷惑かける前に処置しとかんとアカンのですゎ。

借入金、買掛金、支払手形、それに受取手形の明細は、この表の通りです。

事業の沿革？　こうなった経緯、チュウことですか。

どこからお話させてもらったらいいんですかなあ。創業の経緯から。そうですか。

私、生まれも育ちも大阪の商家でして、いや、商家いうても、吹けば飛ぶような貧乏小商人の子でして、本当は大学進学チュウようなカッコエェこと出来る身分じゃなかったのに、京都の大学へ行かせてもらったんですゎ。

小商人が、戦争中に店も焼けてしまうなどのことがあってムチャクチャになりまして、戦後は親父がカイショなしで、ヤミ商売ようせんもんやったから立ち遅れてしまって、と言うてあの頃、失業者があふれてる世の中でしたから、学歴のない親父は勤め人にもなれませんで、ソラ難儀してました。子供にはいい学校出して、いいとこへ勤めさそう、そう思ったんでしょうなあ。

なまじ、私が、子供の頃は、学校の成績がまあまあ良かったもんですから、そう期待したんでしょうねえ。

そんな昔のことはいい。ソラそうですな。今の会社には関係ありませんもんなぁ。

そんなら、端折りますけど、私、大学へ入って何年か経ってみたら、コネも何もないもんは、学校出るだけではどうにもならん、いう気になってきまして、親の期待が苦しくなりまして、こら、いっそのこと、体制ひっくり返さなアカン、そんな気になりました。当時は、そんな気にもなる世情でした。

学生運動にのめり込んで、当然の挫折、ですわ。そうなると、いい会社への就職はできるはずないですわなあ。大阪のチッポケな商社へ入りました。

六十年安保？　いやそれよりずうっと前です。先生のトシなら、覚えていらっしゃるんじゃないですか、メーデー事件チュウのがありましたでしょう、あの頃ですゎ。

朝鮮戦争がはじまってて、アメリカに警察予備隊チュウ軍隊つくらされて、こらひょっとしたらまた戦争チャウかチュウ心配もあった頃でしたわな。戦争反対、再軍備反対、言うて、反権力闘争やってたんですわ。

六十年安保は、サラリーマンになってて、もう冷やかに見てましたなあ。六十年いうたら、昭和三十五年でしょう、所得倍増計画が決定された年とチャイますか。

もうその頃は、私は仕事が面白くてたまらんようになってました。大体もうそれより五年も前に、保守合同で自民党ができて、五十五年体制ができてて、勝負はついてましたがな、六十年には。貿易チュウような仕事をしてたら、割合国全体のことがわかります。もう体制を変革せんでも身を立てられる、そんな気になってました。政治の季節から経済の季節へと変わって行くのを、何となく感じてたんです。

朝鮮戦争の特需が終わった不況の中から輸出立国への道が開かれはじめてまして、それを肌身で感じてました。面白いほど輸出ができるんですゎ。どんな物でもと言ってもいいほど、何でも輸出できました。

大阪には山ほどあった中小企業の工場の製品も、アメリカへ、ヨーロッパへ、輸出できる価格競争力ができてました。

雑貨の輸出が主だった会社にいた私は、六十年安保の頃には、独立したろ、もうそう考えはじめてたんじゃなかったかと思います。

雑貨の輸出なんて、机一つにタイプライター一台さえあったらできるんです。鉄鋼とか繊維とかと違って、メーカーも中小企業ですし、相手先の輸入業者も小企業です。レターだけでどんどん取引ができたんです。

ところが、昭和四十年に実行に移したときには、まるっきり情勢が違っていました。ほんの五年ほどの間に目まぐるしく変化してしまってたんです。

所得倍増計画が進捗して、日本は成長軌道に乗りました。今から振り返ってみますと、昭和三十年代こそが、日本経済がテイク・オフした年代やった。たしか十年の間にGNPは二・五倍くらい、年率にすると九パーセント以上の成長をしたんですもんねえ。

昭和三十四年に結婚した私は、大阪市内の焼け残りのボロアパートで新世帯を持ったんですが、東京オリンピックが開かれ、東海道新幹線が開業した年に、郊外の公営住宅に当たって引っ越ししました。昭和三十九年でしたなあ。

それまでの木造の小屋のような公営住宅と違って、鉄筋コンクリートの四階建が自然の地形を残したまま十分に緑の空間を取って並んでて、日本もここまで来たか、チュウ感慨もありまして、後に日本人は金持ちのくせにウサギ小屋のような家に住んどると酷評されるようになる狭い2DKでしたけど、夢のような生活空間でした。

ところがこんな日本の成長が私たちの仕事には仇になりました。電化製品の普及などもあって国民の生活レベルも上昇しまして、それにつれて工賃も上がりまして、雑貨のような手工業的な産業の製品の輸出競争力が失われてきてしまったんです。

日本は目覚ましく成長し、目まぐるしく変化してました。輸出は相変わらず好調に拡大してましたが、それは、小さな規模の商社では扱えない鉄鋼とか、自動車とか、電気・電子製品の話でした。

私個人は会社でも余剰人員になりそうな具合になってきよって、もう独立なんて思いも寄りません。考えましたわ、どうしたろかってね。それで思いついたんです。電気関係の機構部品を扱う、チュウことです。機構部品だったら、電子なんチュウ難しいもんや無いから理解できるんチャウか。そう気がついて、ようやく独立したんが昭和四十年、今の会社のはじまりですわ。

ちょっとスミマセン。また痛みがきて辛抱できません。痛み止めの注射、うってもらいます。スミマセン、前置き、ながなが話してしまって、本題に入れませんで。

ちょっと時間、下さい。先生もお忙しいでしょうけど、お願いします。

会社をつくったところからでしたなぁ。

事務所を借りて、最初は、一人女の子を、お茶汲みと出かけるときの留守番に雇って、タイプも自分で打ちました。小さい町工場みたいな部品メーカー一社と前もって話はつけてありましたし、二年ぐらいで協力メーカーも増え、得意先も何ヵ国にも拡がって、順調に売上も増え、社員も入れて、結構忙しくなりました。私個人も土地を買って家を建てたりもできました。

昭和四十五年には、創業の手助けをしてくれたフランスのエイジェントを万博に招待したりしまして、あっ、もちろんそれより前に、私も何度もヨーロッパ出張もしましたし、ちょっとイチビってましたなあ、あの頃は。今から思えば、その頃が花でしたわ。

輸出貢献企業とか言って通産省から表彰されたりもしてましまして、外国からは日本はアリのように隊列組んで経済だけの目標に一糸乱れず進軍してくる、いうて怖がられたり、エコノミック・アニマルとか言われたりしてましたでしょう。だけど、エコノミック・アニマルでどこが悪い、なんて思ってましまして、そのアリの一匹や、なんて思い上がってもおりました。

それが、次第に、雲行きがおかしくなってきました。覚えておられますか、ドル・ショック、四十六年の八月ですわ。変動相場制への移行、あれが始まりでした。

その年には、一ドルが三百八円になりました。三百六十円から比べたら十五パーセントもの円高でしたわなあ。商社の口銭の範囲ではどうにもなりません。まあしかし、円の実力から言ったら、切上がっても仕方がありませんでしたわなぁ。大体が、三百六十円のレートなんて、日本の経済がまだ成長どころか復興の軌道にすら乗ってなかった昭和二十四年に決められて、そのままだったんですからねぇ。

三十年代の中頃のサラリーマン時代、私はよく海外へ売込み出張をしましたが、その時分は、持出し外貨の枠があって、それでは足らんもんですから、闇ドルを買いましたが、一ドル四百円はしました。それが、あんた、四十年代になると、香港では日本円にプレミアムがつくようになってたんですからねぇ。

利益は下がりましたが、一旦急激に下がった売上げがどうやら持ち直してきて一息ついた四十八年でした。アメリカがドルの一〇パーセントの切下げをしやがって、日本円は本格的に変動相場制へ移行して、あっというまに、その年中に、一ドル二百五十円ぐらいになってしまって、もう手の付けようもなくなりました。それでも、日本全体の輸出は依然として好調でして、我々のような零細業者だけが弾き飛ばされたチュウ結果でした。

世の中はモーレツからビューティフルへ、なんて言って、レジャーブームで、悠々たるもんでしたんですが、こっちは、あんた、もうビューティフルどころやオマヘンがな。

私もどうやら一丁前の暮らしができるようになって、成り上がった、チュウような思い上がりもありましたんですが、よく考えてみると、日本全体が物凄いスピードで成長してましてて、実は私なんか、その成長と同じ速度では成長できてなかったんです。二百万の資本金がやっと一千万になっただけですから。

どっちみち、この先も日本円の上がるのが避けられない以上、我々が簡単に手掛けられるような商品の輸出はもうアカン、将来性がないと判断して、輸入へのシフトに躍起になりました。だけど、輸入チュウのは、輸出とは根本的に違うビジネスです。

一応前以て売り繋いで、リスクだけは逃げられますが、海外への支払いは銀行ＬＣを発行せんといけません。ＬＣ発行には銀行与信が必要です。そのためには担保を入れんとアキマセンわなあ。現金を積むか、不動産の担保を入れるかしなければなりません。

それで売り繋ぎ先からは約束手形をもらう決済しか難しいので、手形で買って手形で売る内地の商売よりも金が要るわけです。

それまで約束手形なんて切ったこともなけりゃ、受け取ったこともないもんが、こんな形の商売に突入したんが、間違いだった、なんて今更言ってもはじまりませんけど、結局はそういうことだったんです。

まぁ、繰り言は別にして、というか、いやこれも繰り言の続きになりますが、ついエェカッコして、小さいもんが、よりちっちゃいもんを集めて、ビジネス・グループの頂点に立ってしまったんも間違いでした。

私がそう思ってただけで、世間の評価は違うかもしれませんけど、貿易チュウのは、英語を使わんならん商売ですから、日本では誰でもできるという商売じゃない。エリートのするもんだと言う自負が、どこかにありました。自然と頭が高かった。輸出してあげる、輸入してあげる、という態度でできる、ひとに頭を下げるチュウ商売の基本を守らんでもできる商売でした。

そのせいか、あるいは私個人もアホやったんでしょうが、必死になって頭を下げたり、オベンチャラ言ったりせんとアカン大きな問屋との取引ができずに、小さな輸入品の販売業者ばっかり相手にしてしまいました。

一つには、アカンタレで、イチゲンの相手への売り込みなんか、ようせんのです私は。会社、個人の預金や、家、土地を担保にした銀行与信で海外から繊維製品なんかを輸入し、売り繋いだ業者から手形を受け取り、その手形を銀行に渡して決済をするという取引を始めました。

そんな小さな業者というのは、自分で銀行や大きな商社の与信が取れませんから我々に輸入を依頼してくるわけですから、そんな業者の手形を貰ったところで、そんな手形の割引も、自分の受けてる銀行与信の範囲内でしかできません。それでいながら、そんな何軒かの業者の上に立って面倒見てるような立場で輸入をやってたんです。現金払いせんならん関税やらなんやらは自己資金で払ってやってました。たまに商社の審査が通るような取引の時は、出身商社へ繋いだりもしてました。そうしとけば自分の銀行与信は使わなくてすむし、商社とのつき合いもやってるといろんな情報も入りますしねえ。

その間に、石油ショックもあったりしましたが、影響は受けませんでした。何しろ日本円は上がる一方で、為替予約なんか入れないほうが儲かるというようなこともあって、不動産を買うところまでは行けませんでしたが、黒字の分は銀行定期を積み増して銀行与信の枠を拡げてもらって売上を増やしました。

五十何年でしたかなぁ、はじめて一軒の売り先が倒産しよりまして、貰ってた手形が紙屑になりました。

売り先が船場の有名な現金問屋ということで安心してたチュウこともあったんですが、たしかにその現金問屋に売ってはいたんですが、シーズン末に売れ残りを返品されとりまして、自分の切ってる手形を落とすためにその商品をバッタ屋に売ったりしとりました。ですから、マトモな商品在庫もないような状態で、雀の涙ほどの配当がやっとでした。

ほかの売り先は大丈夫だろうか、と心配になったんですが、手形商売の怖さに気がつくのが遅すぎました。

一軒、私の創業時に役員にもなってもらってましたひとの親戚の業者を残して、他の売り先への枠を締めました。その残した一軒も絶対大丈夫だとは思ってなかったんですが、個人的な関係もあったし、一番の売り先で取引も大きくなってて頼りにせなシャァなかったんです。結局はその会社と運命をともにせんならんことになってしまいました。

一ヵ月ほど前から、もうアカン、言いだしよって、なんせその会社との融手だらけですから、そんなアホな、しっかりしてくれなアカン、言うて毎日みたいにその会社へ行ってたんですが、もう寝転んでしまいとうなったヤツは手ェ引っ張って起こそうとしても、アキマセン。

不渡り出してしまいよったんです。助けようとした分だけ融手が増えました。借入れは手形割引も含めて、その表の通りで、相手は銀行だけです。銀行はしっかり法人、個人の預金や、私の家土地を担保に取ってますから、それで何とかおしまいにできると思います。

問題は支払手形ですゎ。普通我々が手形を切るチュウようなことありませんので、それは全部融通手形ですゎ。膨れに膨れてそんな金額になってしもうたんです。

いや手形を貸したんとは違います。最初に貰ってた手形の期日前に、延ばしてくれ、言うてくる。銀行へは百二十日以上の手形は渡せませんので、白二十日の手形を書かすんですが、実際は百八十日以上ないとよう売り捌かないんです。

金を貸すチュウような余裕はこっちもありませんから、延ばした期日の利息も加えた手形を新たに切らせ、その代りにこっちの手形を、向こうの新手形の期日の後に切って、その手形を勝手に向こうで割引してもらって、最初の手形を期日に落とさせるんです。

夜中に目が覚めて、いつか破綻が来るんとチャウかとゾッとすることが、ショッチュウあったんですが、優柔不断でしたなあ私は。

思いきった転換をようせんままに、まあ大丈夫だろう、なんて、無理に楽観してて、グズグズ日にちが経ってしまいました。

女房は、なんであんな会社にそんなに肩入れしたの。女に肩入れして狂うてくれたほうがマシやった。なんて言うとりまして、離婚せなショウガオマヘンやろ。とばっちり受けんようにしてやるだけしか出来まへんがな。えっ、もうしました。

これで、ほぼみんなですゎ。費用は、この現金、お預けしときます。ツブれるにもカネが要るチュウことは知ってましたから、必死で残しといたんです。

こんなことになって、その上まもなく死んでしまうやなんて、はかないもんですわ。

露と落ち、露と消え行く……、でんなぁ。

そんなエェモンか。向こうは天下を取った一生やったんやが、こっちは、天の下をウジ虫みたいに這い回ってただけやないか。

そんな漫才みたいなこと、言ってる場合やないんですが、一つよろしうお願いします。

まもなくや無うて、早う死ななアキマヘンなあ。それだけはしっかり掛けてた、いや実は銀行から同系列の保険会社に掛けさせられてたもんですが、会社が受取人の保険がこれだけあります。これで大半の始末はつきますやろ。なるべく早う死ぬようにしまっさ。

テープ、とったはるんですなあ。用事が終わったらダビングして家族にやってもらえませんか。

スッカラカンになって、遺言なんてオマヘン。これが、辞世の語り、になりますやろ。

世の中を生きていくには、カシコになりたがったらアカン、カシコになりたがったらこうなる、アホになるのがホンマのカシコや、チュウ反面教師にはなりますやろ。お願いいたします。

幹部の社員の身の振り方もつけときましたし、今、ずうっと昭和の流行歌のテープ、聴いてます。岩崎宏美の『聖女たちのララバイ』を聴きながら死にたい、やなんて思うてます。今はただ眠りたいです。

＊

ながらく机の引出しの奥に蔵ったままにしていた親父の声のテープを、息子がもう一度聞きたい、ふと思いついて聞いたのは、つい先日だったらしい。

彼が独立したとき、やはり商社で働いていた私は、彼の思い切った行動を羨ましく思ったものだった。彼の事業については、出世の見込みもないサラリーマンのこちらとしては大変興味もあり、中途まではいろいろ聞いて知っていたのだが、晩年の状況については詳しくは知らないままの死だった。このテープを聞きながら、彼の喋っているのは、彼の世代、私も含む世代の一人の庶民の日本人が、急激に変貌していく日本の経済情勢の中で、それに翻弄されながら生きてきた記録だと思った。そしてもう一度聞いてみたときは、いつの間にか自分自身の戦後三十年を思い出していたものだった。

「親父の供養にもなると思って、勝手ですけど送らせてもらいました」

と言った彼は、このテープ、いい時に聞いたかもしれない。そんな気がしたと言う。親父の大阪弁の声も懐かしく、ー大きな会社へ入れてよかったやんかーというのが、父親の彼への最後の言葉だったそうだが、「その大きな会社もおかしくなっちゃったんですよ。世の中の変化について行けてなかったらしくて、大赤字に転落して、私、リストラされちゃいましてねえ」

と言い、大阪弁になってこう続けた。

「もう宮仕えは止めますわ。私もなんか商売しますわ。小商人になりまっさ。親父の話、実は、業種が違うたこともありまして、ディープなところは、よう分からんところもあるんですけど、参考にできるところは参考にして、がんばってみますわ」

「ところで、お母さんは元気にしてらっしゃるの。大阪にいたはるんでしょう」

「いやあ、元気というか、まだ生きてはいるんですけど、要介護の状態でして、私の家で半ば寝たきりで過ごしてます。親父が死んだ後、こっちへ来ないかって言ったら、ウチは大阪で生まれた女やサカイ、東京へはよう行かん。なんて唄みたいなこと言って、お父ちゃんと一緒や、言うて、父の骨箱、いつまでも置いて、アパートで独り暮らしの年金生活してたんですけど、三年ほど前に廊下で転倒して骨折して入院しまして、それから足が不自由になりましてねえ。これはもう駄目だと思ってこちらへ引き取ったんですが、それから頭も徐々におかしくなって、うちの女房に、あんた、どなたはん？　なんて聞いたりするようになって」

「じゃあ、奥さんが大変だ」

「いやぁ、母の介護は私の仕事でして。というのは家内は家内で、彼女の母が要介護の状態でして、一人娘の彼女がしょっちゅう実家へ行かねばならんようなことでして、一人っ子同士で結婚したらこんなことですわ」

「そりゃ大変だ」

「さっきリストラって言いましたけど、正確には希望退職の募集に応じて、まあそこそこの退職金、もらいまして辞めたんでして、そこは衰えたといっても大会社のいいところですが、母の介護もせんならんと思いまして、決断したんですわ。……だから、在宅で独りでできる小商いをしようと思ってるんです。祖父も小商人だったらしいし、三代目の小商人ですわ」

「そんな仕事、簡単に見つかるの」

「小父さんはＳＮＳ、おやりになってます？」

「えっ？」

「インターネット、ですよ。おやりになってないんですね、パソコンは。……今はＳＮＳやってたら、在宅でできる仕事も、独り商いもいっぱいあるんですよ。そこからいい仕事を捜してやりますよ」

「そんなんはリスクがあるんじゃないの」

「いや、株とかＦＸとかのことでしょう。そんなリスキイなものはやりません。実は副業というか、今までもいろいろやってましてね。そこそこ収入はあるんですよ。これからはそれで食っていくんですから、考えてやっていきますよ。ディテールは小父さんに分かってもらうのは無理でしょうから言いませんけど、好きな事をやって食っていけて、母の介護ができたら御の字ですから」

「お母さんは、歩けるの」

「いやあ、この頃立つのも大変になってきて、介護保険でヘルパーさんに午前午後、一日二回来てもらって下の始末はしてもらってるんですが、時々、天皇陛下万歳、なんて叫んだりして。これ何ですかねえ、元気な時には聞いた事なかったんですがねえ。戦争が終わった時は未だ小学校の低学年だったはずだし、近い親戚に戦死者がいたなんてことも聞いた事もなかったですしねえ」

「天皇陛下万歳って、叫ぶの」

「唄も歌いますよ。ああ、ああ、堂々の輸送船、なんてね。軍歌ですよね、これ。若い頃には聞いた事ありませんでした。こんな唄。美空ひばりが好きでいつも口ずさんでたのに、それは歌わず、軍歌なんですよね。分かりませんね。なんか胸の中に戦争の傷跡を抱えているんですかねえ」

息子はとうとう電話の向こうでしゃべりはじめた。

「こんなおふくろ見てて、思うんですよね。おふくろ、何の目的、ちゅうか、楽しみちゅうか、あって生きてるんだろうかってね。……」

「今になってみると、親父は幸せだったんじゃないかって思うんですよね。『聖女（マドンナ）たちのララバイ』聞きながら、俺は傷ついた戦士、なんて自己陶酔して死んで行けたなんて良かったんじゃないですか。僕が見舞いに行った時に言ってましたよ。ここの看護婦たちはみんな優しいって。親父のマドンナたちだったんじゃないですか。親父はずうっと昔風に看護婦って言ってましたねえ」

「そういえば、まだ元気だった頃、いっしょに何度もカラオケ・バーへ行ったけど、よく歌ってたなあ、あの唄」

「優しいっていえば、親父は優しすぎましたよね。それが親父のいいところでもあったんですが、人が良すぎましたよね。あのテープを聞いて私が教訓にしたいのはそれですねえ。気をつけなきゃいかんと……」

「……しかし、当時まだ医者は本人には告知しない時代でしたが、自分の死を悟って、あの瀕死の状態で弁護士に全部話して後始末を頼んで、後腐れのないように始末をつけて死んでいってくれたのは助かりました……」

「……まあ、やりたい事を自分流にやりたいようにやって、昔風にいえば、刀折れ矢尽きる、までやって死んだ親父に比べて、おふくろは。って思うんですよ。専業主婦で、親父に死なれて、その前に偽装めいた離婚されてて、まあ、これはそのほうがよかったんですけど、小金は貰ってましたし、面倒な事には一切巻き込まれなくてすんだので。だけど、おふくろの人生って、私を生んで育てただけのもんじゃなかったかって、思ったりするもんですから、私は在宅で看取ろうって決心してるんです」

「僕はね、ああいう風に言ってるけど、お父さんは残念だったと思うよ。癌でなかったらまだまだやれたんだから。後から聞いた話で、それも詳しくは知らないんだけど、出身母体の商社の方で全部引き受けてもらう話が進んでたみたいだよ。何しろ経験豊富な上に、海外にいい仕入先を持っているし、大阪の大きな現金問屋のほとんどに口座があったみたいで、そこらの中堅商社にとっては応援する魅力充分だったから、お父さんが元気だったら又新しい道が開けた筈だったと思うよ。事実幹部社員の、一人はその商社が引き取ったし、別の一人は大手現金問屋が迎えてくれてるんだよね。テープで言ってる社員の身の振り方をつけたというのはそのことだったんだと思うよ。君の言う小商人、というか、組織にまでなってなかったから大変だったんだよね。そこらへんをも教訓にしたほうがいいんじゃないかな、君も。独りで在宅で商売してたら、君の商売はどういうものか知らないけど、いずれにしても病気でもしたら大変になるからね」

「そんなこともあったんですか。おふくろのことだけじゃなくて、社員の世話もしてたんですか……私は、このまま、ここで、施設なんかじゃなくて、私の家で、静かに往生してほしい。そう思ってます。……」

と、息子は親父に負けない能弁だった。

やっぱりどこか親と似ている。思い切ったことをするなあ。そう思った私は、自分も妻を介護している身で、それも、時々、おたく、どなたはん、と尋ねられる身での介護だと、喉元まで出掛かっていた言葉を呑み込んだ。話せばつい言ってしまうであろう介護の辛さ、虚しさなんで、言わでものことだった。うまくやれよと祈るような思いで、彼のおしゃべりを聞いていた。

（「文学街」二〇一八年一月）

過去へ向かう旅

徳岡孝夫

昭和生まれの日本人が、とうとう一億人を割ったという。来年（二〇〇八年）の一月が来れば、平成生まれの先頭ランナーが成人式を迎える。それからさらに八十年の月日が経てば、最も若い昭和生まれも百歳になっている。医学の技術がいかに進もうとも、それほど多数の人が百まで生きるとは思えない。すなわち、あと八十年ほどで、「昭和生まれ」という特殊な民族は、地球上からも日本の社会からも、ほぼ消え失せる。

新聞の朝刊には週刊誌の広告が出る。少しでも多くの人の目を惹（ひ）こうと、スペース一杯を使って雑誌の内容を売り込んでいる。夕刊には旅行会社の広告が載る。ローマに泊まりナポリに日帰り、フィレンツェとベネチアに各一泊、その間にミケランジェロを見てラファエロを見て、ミラノ聖堂はバスの中からと、これまたギッシリ盛り沢山な日程を誇っている。

雑誌とツアーの広告を見るたび、私は日本人が余韻を好み余白の美を愛するというのはウソだなと独り苦笑する。

私は滅多に週刊誌を買わない。広告を見て済ます。また団体旅行でくたくたになるのを嫌い、気儘（きまま）な独り旅を愛する。

私の旅の行先は、必ず「過去」である。先日は奈良へ行った。母方の菩提寺に参って墓を掃き、住職に案内されて二月堂の御水取りを拝観した。練行衆（れんぎょうしゅう）が深夜に及ぶまで唱える声明（しょうみょう）を聞き、深い感動を覚えた。

また二週間ほど前には、大阪・住吉区にある府営団地を訪ねた。四十数年前、今は亡き妻と初めて「我が家」を持った賃貸団地である。今は堺の中百舌鳥（なかもず）まで行く地下鉄が、当時は西田辺が終点だった。西田辺で降り、だいたいの見当をつけ、杖を頼りに歩いた。

人通りの少ない日曜の朝だったが、さいわい途中で親切なお婆さんに出会い、無理だろうと思っていた目指す団地を再発見した。樹木みな亭々と伸び、見違えるようになっていた。

年配の御夫婦が花の手入れをしていたので挨拶すると、奥さんが応えた。

「四十何年前？　私どもは住んで五十年になります。八十です。ここで子育てをし、みんな巣立っていきました」

昔は我が家と同じ階段の一階１ＤＫにいた方だと判った。ウチも長男をその団地で育てたので、長話になった。

「風呂屋さん？　ああ、とっくになくなりました。その代わり、大阪府が家を二軒ずつくっつけ、風呂場を造ってくれたんですよ」

はるばるフィレンツェへ行っても、こういう会話はできないだろう。ミケランジェロは四百数十年前の人、この婦人は四十数年前の人である。私だけに大切な、昭和三十年代の近所の話を、その場で語ってくださった。

世の中の人は、好きなように前向きに進むがいい。私は必ずしも「前向き」が素敵なことと思わない。今年を昭和八十二年と数え、その心持ちで暮らしている。進むときは、後ろへ進む。前向きの考え方をしよう。前向きに進もうと力む人々に背を向け、私は過去に向かって旅をする。驚くなかれ前向きに進んで出会うであろうことは、実はみな過去にあった。そして過去は、日に日に豊かになる一方である。

前向きに進むのが好きな方に問いたい。たとえば昭和二十三年に完結・刊行完了した谷崎潤一郎の傑作『細雪（ささめゆき）』のような豊かで美しい文学が、これから先の日本に出るだろうか？芦屋に住む蒔岡（まきおか）家を描いた物語は、時間的には昭和十一年に始まり、昭和十六年の日米開戦直前に到って終わっている。それと同じ時期、昭和十一年に西宮北口から大阪・船場の小学校に通い始めた私は、友達の家があったので芦屋も知っている。『細雪』は何度読んでも、故里のような懐かしさを感じる。

もう一つ、過去へ帰る者を喜ばせるのは、滅（ほろ）びの美しさである。それは西海に沈む夕陽のように我が終（つい）の棲家（すみか）の――西方極楽浄土の方角を教えてくれる。

（ＰＨＰ「ほんとうの時代」二〇〇八年二月）

菩提寺と「白雪姫」

徳岡孝夫

私の母方の菩提寺は奈良市内にあって、徳融寺（とくゆう）という。古寺と古き佛たちに満ち満ちた奈良では、さほど目立つ寺ではない。融通念仏宗、俗に「大念仏」と呼ばれる小さい宗派に属し、本山は大阪・平野にある。

母方の寺だから、墓域にある我が家の墓は母の旧姓になっている。だが幼い頃から「お寺参りする」といえば、私にとってそれは奈良へ行くことを指していた。

私の母は私を頭に三人の子を産んだ後、二十七という若さで他界した。男やもめになった父と三人の子、われわれを育ててくれた母方の祖母の計五人は、春秋の彼岸や母の命日には、はるばる阪神間の家から電車を乗り継いで徳融寺に詣で、母の墓を掃いた。父は養子ではないが、もと母の家の番頭で、つまり、「こいさん」を貰ったわけであった。

寺参りの後は、きまって一家で奈良公園に遊んだ。だから戦前の猿沢池から興福寺あたり、二月堂、東大寺の大仏様、春日大社の見事な万灯籠などが、いまも記憶の底にしっかり残っている。鹿せんべいをポケットに入れておいたため、牡鹿に角でオーバーを突き破られた妹が泣いたのも覚えている。

母は死んで七十数年になる。祖母も父も、とうに世を去った。残る妹や私も老い、共にはるかな東国に住んでいるので、奈良には無沙汰がちになっている。久しぶりに兄妹で「お寺参り」に行ったのは、二年ほど前の春のことだった。

奈良は戦災を免れ、おそらく最も戦前の面影を留めている町の一つだろう。観光都市化してしまった京都にはない落ち着きがある。徳融寺の境内も、子供心に覚えた布置のままである。

墓参を済ませて本堂に回ると、住職が折り入っての話があるという。その話とは、こういうことだった。

「この寺にも、近頃はギャルがときどき来られます。室町時代の創建からの由来を書いたものはあるが、若い人にも読めるナウなものがありません。ひとつ、薄いパンフレットのようなものを書いてくれませんか」

「はあ、そのうち、時間ができましたら」と、私は冴えない返事をして帰った。何十年も前から親しんできた菩提寺だが、それは墓参が主な目的であり、お寺のことを考えたことなどなかったのである。

横浜の自宅で〆切りに追われながら原稿を書く生活に戻ったが、せっかくの住職の頼みに生返事で帰ったことが妙に気になった。原稿のことを考える頭の片隅に、ときどき徳融寺が顔を出した。「早く何か書かにゃ」と、私はひとり呟いた。

東京に住む妹も「お兄さん、お寺さんにお昼を御馳走になって頼まれごとをしたんでしょ。食い逃げはダメよ。早く書きなさい」と、私を責める。

歴史学者でも宗教学者でもない私だから、権威あるものは書けない。古いお寺のことをジャーナリスチックに書くにはどうすればいいか？　そのとき、ふと徳融寺が中将姫説話にゆかりの寺であることに思い付いた。

今の若い人はご存じないが、人形浄瑠璃や歌舞伎芝居見物が庶民の娯楽だった時代には、中将姫といえば継子（ままこ）いじめ、継子いじめといえば中将姫というほど有名だった。現代語で言えばドメスチック・バイオレンス。

とくに中将姫が雪の積もる庭に引き出され、継母（ままはは）の命令で家来に割り竹で打ち据えられる「雪責め」の場面は凄かった。飛び散る雪の中で、もがき苦しむ美女。凄惨にも美しいというか、やや倒錯したエロチシズムに、観客は息を呑んだものだった。

徳融寺は、何を隠そう、そういう家庭内虐待が行われた右大臣、藤原豊成の屋敷跡に建っている。私は子供のときから境内にある「豊成公邸跡」と彫った石碑を見覚えている。残酷な折檻の場面は、芝居より人形浄瑠璃の方が一段と凄みがある。若い頃に芝居・文楽に凝った私は、それを「ああ、徳融寺の庭だ」と思いながら見ていた。

藤原豊成は奈良朝の有力政治家だったが、妻に死なれて後添えを貰った。それが鬼のような女だったわけで、豊成はついには彼女の告げ口を信じ、家来に命じて我が娘を森に捨てさせた。

それから十数年後、森へ狩りに行った豊成は、死んだと思った我が娘に再会し屋敷へ連れて帰る。輝くばかりの美貌に、降るような縁談があった。中将姫はそのすべてを断り、落飾して当麻（たいま）寺に籠り、蓮の糸で曼荼羅を織り、西方極楽浄土を念じつつ、生涯を閉じた。

藤原豊成は歴史上実在の人物だが、中将姫は説話中の人である。だが私は、継母の執拗ないじめ、森で親切な住人に救われ、狩りに行った父との再会、賢く美しい娘などといったストーリーに、どことなくバタ臭いものを感じた。住職に何か書けと求められ、はじめてそのことに気付いたのである。

その何年か前に、同じ住職から某学者の講演記録を頂戴したことがあった。奈良を起点とする遣唐使が大陸に渡っていた頃、向こうではキリスト教が全盛だった。漢字では景教と書かれ、遣唐使も長安滞在中にキリスト教に関する情報を得て、奈良に持ち帰ったはずだ、とその学者は言うのである。

それだけではない。ラクダの背に乗ってシルクロードを唐に来た情報の中には、キリスト教以外にアラビアやペルシャの物語もあったに違いないと、その学者は言っていた。

森とお姫様と継子いじめといえば、白雪姫かシンデレラである。前者はグリムに出て来るが、いずれオリエント、アラビアあたりの豊かな物語群が源泉だと思われる。それが遣唐使の口コミで奈良朝の日本に伝わって中将姫伝説になったとすれば……私は「これはギャル向きの話になる」と感じた。

むろん、学問的に正確かどうかは分からない。だがつい先日も、西安（昔の唐都・長安）で古い墓誌に「井真成（いまなり）」という阿倍仲麻呂と同時代の遣唐留学生が帰国間際に死んだと彫ってあるのが発見された。これまで歴史に現れなかった名である。当時のことは、まだまだ知られていない部分が多い。ということは、自由に想像を働かせる余地がある。

私は思いきって十枚ほどの原稿を書き、「徳融寺物語　中将姫を想像する」と題して住職に郵送した。一枚か二枚の紙に刷って、寺を訪れる人に配って下さるのだろうと思った。

日ならずして、住職から出来上がったパンフレットが届いた。拙稿に昔から寺に伝わる中将姫和讃を併せ、手に取りやすく読みやすい、気のきいたブックレットにまとめてある。二千部刷ったという。仏門の方の見上げた編集センスに、私は感嘆した。はばかりながら寺と檀徒が、こういう形で協力した例が、近頃どこかにあるだろうか？

有名作家ならともかく、私ごとき者の雑文が多くの読者を得るとは考えにくい。だが、一冊の薄い本は、お寺を現代の若者たちに、決して面白半分にではなく、知らせようとする仏教者の努力の本である。

実はもう一つ、白雪姫と中将姫の物語を想像しながら気付いたことがある。それは亡き父の一生のことである。

妻すなわち私どもの母に死なれた後、父は再婚することなく実に四十三年の長い年月を不自由な男やもめを貫いて死んだ。淋しい一生だったはずだと、いま父と似た年齢に達して妻を喪った私は、同情できるようになった。と同時に、お父さんがなぜ再婚しないんだろうと子供なりに抱いた疑問の解答を得たような気がする。

前述のように我が家は、年に何回も奈良の徳融寺へ亡母の墓参に行った。そのたび、父は「豊成公」と彫った碑を見たはずである。イヤでも中将姫の身の上を思う。むごたらしい継子いじめのシーンが目に浮かぶ。境内で無心に鬼ごっこしている私たちを見やり、父は「ああ、この子らを継子にし、つらい目に遭わすまい」と決心したのではなかろうか。しかも年に三度四度お寺参りに行く。父は再婚へ踏み切れぬまま、機会を失ってしまったのではあるまいか。

子供の身の丈もない一基の宝篋（ほうきょう）印塔が、煩悩を抱いて生きる人間に科した重いタブー。父がもし後添えを貰っていたら、私たち子らの運命は変わっていたであろうし、妹などはさしずめ不幸な白雪姫になっていたかもしれない。われわれは気がつかないが、お寺や石塔は人の運命を変えるのである。

（徳融寺への寄稿）

徳融寺物語　中将姫を想像する

聖徳太子は実は存在しなかった。架空の人物だ、という学説がある。学校で教える聖徳太子（西暦で五七四～六二二年）は、十七条憲法を定め、法隆寺を建て、十人の訴えを同時に聞いて判断する超人的な天才だった。

学説が正しいかどうか、簡単には言えない。しかしイエス・キリストがベツレヘムの厩（うまや）に生まれたことは、キリスト教徒でなくても聞いて知っている。一方、聖徳太子は本名を厩戸王子（うまやどのおうじ）といった。いまから約二千年前のパレスチナの物語が、人の口から口を伝わってユーラシア大陸を横断して日本へ届き、聖徳太子伝説になった。想像は飛躍する。それでなくても歴史には、まだ発見されず、語られていない物語が、無数にある。

この徳融寺は天文十三（一五四四）年に創建された。それは戦国時代の最後の大波乱の前で、織田信長や秀吉はまだ幼かった。しかし奈良は古い都だから、この寺の物語も建立より数百年も昔にさかのぼる。聖徳太子より百年ほど遅く生まれた奈良時代の政治家に、藤原豊成（七〇四〜七六五年）という人がいて、美しく賢い娘があった。名を中将姫という。徳融寺の観音堂の傍らには、豊成公と中将姫父娘の供養塔と伝えられる二基の宝篋印塔がある。ただし歴史的に「いた」と確認できるのは父親だけで、今のところ娘はまだ伝説の中である。

豊成公は当時の藤原一門の最有力者で、右大臣だった。徳融寺の場所は、彼の屋敷の跡とされる。彼は中将姫がまだ五つのとき妻を喪い、再婚した。中将姫にとっては継母。鬼のような人だった。

賢く、琴や琵琶を弾いても一流、おまけに帝のお目にとまって入内（じゅだい）を望まれたほどの器量よしだから、継母はよけい気に入らない。徹底的に苛めた。ついには雪の積もる庭に引き出し、家来に命じて竹のササラで打ち据えさせた。飛び散る雪、もがき苦しむお姫様のイメージは、事実かどうかを超えて日本の継子いじめのプロトタイプ（原型）になった。徳融寺本堂の南には、その時中将姫が縛り付けられた「雪責め松」がある。おそらく想像力が生んだ現実だろうと思われる。昔の人は継母・継子と聞くとすぐ「ああ中将姫ね」と反応するほど有名な話だった。

継母の虐待はエスカレートした。彼女の言い付けを信じた豊成は家来を呼び、中将姫を雲雀山へ連れていって殺せと命じた。だが罪のない者を殺せるわけがない。家来は中将姫を森に住む夫婦に託して帰り、主人には偽りの報告をした。

豊成公の身にも、その後いろんな浮沈があった。政争に敗れ、九州の太宰府に流されそうになったこともある。十数年が経った。ある日、森へ狩りに行った彼は、偶然我が娘と再会した。立派に成人していた。生きていたとは知らなかった。豊成は自分の非を悟って謝り、娘を奈良の屋敷に連れ戻した。

輝くばかりの美貌と才能、輿入れを勧める人は多かったが、すでに死の淵を覗いたことのある中将姫は、現世の幸福と希望をすべて断った。髪をおろし（落飾）、尼になって二上山に近い当麻寺に入った。日ごと阿弥陀如来と観音菩薩をおがみ、その助けを受けて蓮の糸で曼荼羅を織り上げ、女人ながら浄土に招かれて生涯を閉じたという。

中将姫の物語は数多く書かれたが、最もよく知られるのが江戸期に出た人形浄瑠璃『ひばり山姫捨ての松』である。いまも文楽や歌舞伎でときどき上演されるが、最もウケるのは姫の信心深さではなく、「雪責め」の場。サド・マゾ的で少しエロチックな刺激が好まれ、女形の演じどころになっているように見える。

半ば伝説上の人であるから、姫がいつまで生きたかなどは全く判らない。だが当麻寺で過ごしたのなら、日ごと二上山の美しい姿を拝んだことになる。古代、奈良の西、日の沈む方角にある二上山は、冥界への入口とされた。その頃の大謀反事件の犯人として捕らえられ、罪なくして処刑された大津皇子（六六三～六八六年）の遺骸は、二上山に移葬されたといわれる。『万葉集』にある皇子の姉・大伯皇女の哀切きわまる嘆き「うつそみの人にある我や明日よりは二上山を弟と我が見む」は、現代人が読んでも胸迫るものがある。中将姫の終焉の地にふさわしい。

しかし、お気付きだろうか、継母と美しい娘、きびしい折檻、森に捨てる、長いときを経て発見……日本の説話にしては、道具立てがどことなく西洋的ではないか。父親が森へ狩りに行くのも、まるでグリムに出て来る話のようで、どうも日本的ではないようである。このバタ臭さは、どこから来るのか？

日本が遣唐使によって大陸と交流をしていた頃、すなわち聖徳太子の時代、こちら側の都・

奈良には元興寺（がんこうじ）があり、その寺域は今日の奈良町（まち）の広い部分を占めていた。遣唐使に択（えら）ばれた者は元興寺で語学その他の勉強をし、帰るとまず元興寺に戻って復命した。つまり寺は、仏教や唐の文化を取り入れる基地としての役割を担っていた。

遣唐使たちが向こう側の都・長安（いまの西安）で見聞したのは、唐の文物や仏教の経典だけではなかった。当時の長安では、意外にもキリスト教が全盛だった。漢字では「景教」と書くキリスト教は、パレスチナの地域的宗教からローマ帝国公認の宗教へと発展し、すでに多くの信者を持っていた。その教えが、イエス生誕の話を含めてシルクロードを通り、はるばる唐に達していた。むろん遣唐使も、その様子を観察して帰った。

実は、シルクロードを東へ運ばれたのは、キリスト教だけではない。長い交易路は途中でアラビア、ペルシャ文化圏を通る。『千夜一夜物語』をはじめアラビアの豊かな物語も、ラクダの背に乗ってユーラシア大陸を東へ旅した。その中に「森の眠り姫」の物語もあったと想像される。

継母が先妻の子を苛める。娘は森の中に捨てられ、森の住人に助けられて深い眠りに入る。一定の時期が来て目が覚め、王子様とめでたく結ばれる。近世にアメリカに渡って『白雪姫』の筋書になり、さらにハリウッドで演出されてシンデレラ物語になった話のプロトタイプは、ずっと前に東へ運ばれて中将姫の説話を生んだのではないか。日本では、森から帰ってからが浄土信仰と結びついて別の筋書になったが、大要は白雪姫ストーリーと共通している。中将姫が、大津皇子という「王子様」ゆかりの当麻寺に入ったところまで、共通点の中に入れてしまえるかもしれない。

正倉院の御物の中に、遠くアラビアやローマ産と思われる物や文様があるのは、すでに知られている。今のような政治的障害がなかったから、古代世界には自由な人と物の交流があった。現代人の想像を超える文化の流れが、古代人の知的な糧（かて）になっていた。われわれはまだ、その一部を知っているに過ぎない。ここ徳融寺に立って思いを奈良朝の昔にめぐらせば、遠くに白雪姫と七人の小人の歌う声が聞える。それとも、それは私の幻聴なのだろうか。

（「寺門興隆」二〇〇五年三月）

零地点

（昭和者がたり、ですネン）

土井荘平

2DKが六畳一間のほかは家具やダンボールで埋まっている。地震で住めなくなったマンションから、持ち出せる物はすべて持ち出して運んできた。

何か底深い疲労が抜けない思いで、積み重ねたダンボールが崩れてきそうだったが、それでも彼は整理に手をつける気になれず、近頃シンドイ、シンドイと病院通いで、内科から心療内科に回された妻と二人、毎日をなすこともなく過ごしている。

一年前まで、阪神間（はんしんかん）の街で、賃貸マンションのオーナーとして、一階は自分の姓を冠した不動産会社の事務所と駐車場にし、不動産の仲介業もしながら、二階に住んでいた。

あの地震の数日後、呆然と建物の残骸の前にいると、報道関係者にマイクを向けられ、「五階建てが四階建てになってしもうて、ホンマにワヤですわ。査定が全壊や無うてかえって困ってます。そやけど無くなった一階は駐車場でして、上の住人は何人か怪我しただけやなんて、不幸中の幸いでしたわ」と話したが、胸の内では、他人事のような、そんな呑気なこと、言うてる場合か、何が不幸中の幸いや、不幸そのものやないか。建て直さなければ住めない状況に、借入返済も済んどらん、土地も担保に入っとる、居住者との問題もある。ドナイしたらエエんや、と途方にくれていたのだった。

結局ドナイしようもなかった。土地ごとすべてを処分してどうにか始末はつけ、この大阪下町のエレベーターもない五階建賃貸マンションの四階へ移ってきたのだった。

昼食を終えると、ちょっと散歩に出ると妻に声をかけ、彼は部屋を出た。

だが、片手を薄黒く汚れたコンクリート壁に沿わせながら、四階から薄暗い階段を下りきると、目の前の道路が眩しく光っていて、ふと目的もなく歩きだすのにためらった。

戻ろうかと思った。しかし、部屋を出る時目にした妻の白髪の後姿が脳裏をよぎり、振り返った階段は険しかった。

東京住まいの息子や娘は地震の後には飛んで来たが、無事を確かめると忙しいとそそくさ帰り、今度はいつ来るだろうかと毎日のように言う妻に、会社勤めちゅうのは自由が利かへんもんよ、などといつも同じ答えをしながら、あんな大地震に遭うなんて不運だったと歎くばかりで、それも元はと言えばアンタのせい、とは一度も愚痴らず、始終口ずさんでいた、その時々の流行りの歌も歌わなくなった妻と向き合っていると、彼は切なくなる。呼吸がつまってくるような気になる。

子供が継げんような商売の店なんてやっててもしょうがない、まだ借金できる今、不動産を持っといたら老後はノンビリできるやないか、なんせ「不動」の産やでぇと、この小商いでも食べていける、と言う妻の言葉に耳をかさなかった彼だったのだ。脱サラしての洋品店だったが、今は不動産の時代だと、彼は不動産取引主任の資格を取っていたのだった。

「ええお天気でんなあ。えらいヤツしてどこ行きだす？」

見知らぬ老婆がにっこり笑って通り過ぎ、彼は周りを振り返ったが人影はなく、自分に声をかけられたのだと気がついて、

「ヤツすやなんて」と、背に向けて遅ればせの言葉を返したが、ふいに聞いた、めかすことをヤツすという大阪言葉が懐かしかった。

彼はふらふらとその老婆の後を追うように歩きはじめた。

三十余年住んでいた郊外の街では忘れていた言葉のやりとりだった。「あそこみたいやなあ」と、妻との生活をはじめた天王寺に程近いアパートの暮らしが脳裏に蘇っていた。

戦災に遭わずに残ってきたに違いない軒の低い古びた平屋の木造家屋が長屋風に続く細い曲りくねった道を歩き、その路地道もあの界隈とそっくりだと思い出したが、しかし、すぐに高層のマンションに行く手が阻まれ、路地の界隈はごく狭い区域ごとに取り残されたようにうずくまっているのだった。

その路地道を歩きながら、離れて以来一度も訪ねることのなかったあの街へ、今日は行ってみようと、はるかに見えている高架のＪＲ環状線の駅を目指して足を速めた。

ここへ来て何日か経った日のことだった。妻といっしょに所帯に不足しているものの買物に出て、両手にスーパーの袋をさげ、荒物屋の前に立って妻の買物を待っていると、

「えらい使いタオサレてまんなあ」

店のおやじが声を寄越し、それを聞いたとき、突然一度あの街へ行ってみよう、そんな気が起きたのだった。

そのとき「ほんまにぃな」とすぐ相槌の言葉を返せたのは、トシをとったせいだろう。遠い昔のあの頃、商店の奥から同じ言葉をかけられたことがあったが、当時は絶句してしまって唇を緩めるのがやっとの彼だった。

「日曜は使いタオシたげる。残業、残業いうて平日は寝に帰ってくるだけなんやさかい」と笑った妻にも、何の冗談も返せず、息子を乗せた乳母車を押して、日曜日のお決まりだった買物、ながいながい商店街を、流行歌をハミングする妻の後からついて行った。彼が脱サラ、独立起業を夢みていた三十過ぎ、今の息子の年頃だった……。

ＪＲ環状線は、高架で南へ走り、寺田（てらだ）町駅に入ろうとし、高架の下をくぐる幅広い道路が見えた。あの商店街へ通じる道だった。その次の駅、天王寺から歩いて十分ばかり、細い路地道が混み合う一画に、そのアパートはあったのだった。

三十何年一度も訪ねなかったのは、彼に後ろを振り返ってみる気などなかったからでもあったが、住んでいた当時も好きな街だとは思っていなかったせいでもあったろう。

大阪の生まれ育ちだったが、戦争で失うまで住んでいた処は中心部に近く、幅の広い道が東西南北に、まっすぐに通っている四囲だった。そのせいかアパートの界隈は、空襲での焼失を免れた古い家々だといっても、彼には何となくウサン臭い路地裏としか見えず、またそのアパートの部屋も、ミナミでふと知り合って惚れてしまった妻の住居で、入り込んだ彼はとりあえずの仮寝の宿だと思っていた。母を亡くして独り暮らしだった妻の住居へ通っていて、そんなことになったのだった。

彼が荷物を持ち込んで部屋の模様替えをしているとき、「その絵はそのままにしといてね。ウチが描いた絵やけど、お母ちゃんの思い出やさかい」と妻が頼んだ、一枚の水彩画が額入りで壁に掛っていた部屋だった。

焼け出されて写真も残っていない彼女の生家の街並みを、記憶を頼りに描いたもので、「よう描けてる、そっくりや」と亡母が喜び、しょっちゅう眺めていたのだとのことで、時折、亡母は、その絵を見ながら、「ああ堂々の輸送船　さらば祖国よ　栄えあれ……」と、泣きながら小声で歌っていたという。赤紙で召し出されたまま還らなかった父を思い出していたのであろう。と聞かされた。

木造の傾きかかった、いや本当に傾いていて、部屋の中でボールがひとりでに転がったアパートの六畳プラス二畳で、彼は妻と暮らしはじめたのだった。中庭を囲んでロの字になった三階建、各階とも廊下を挟んだ両側に部屋がある大きなアパートだった。昭和三十年代の中頃、五年あまりをここで過ごした。

夕方薄暗くなると電燈が点り、朝になると消える定額電気料が家賃に含まれているアパートで、夕方以降も電気炬燵さえも使用が禁止されていたのだが、禁を侵して電化製品を使うものが多いのか、ヒューズが飛んだとアパート全体がしばしば停電した。

なかなか点かず、妻も加わっている廊下のヒソヒソ話が、大家がわざと修理を遅らせているのだと聞こえたりし、そんな時、彼は暗がりの部屋で、こんな建物でも親から継いだ若い大家がふと妬ましかった記憶がある。

廊下を隔てた筋向かいに、老爺が独りでいる部屋があったが、通りすがりにチラリと目にする室内は、ガラクタ同然に見えた家具や道具で埋まっていて、空襲で焼け出されて運び込んだものだと妻から聞いても、どうやって寝起きしているのかと不思議だった。

天王寺へ向かう車中で、今の自室がそっくりそのままではないかと、彼はその部屋の有様を思い出したが、もうその主の風貌を思い浮かべることはできなかった。

当時妻がよく口ずさんでいた歌の一節が、脳裏に浮かんだ。

「可愛いベイビー」を唄いながら、洗濯板でオムツを洗い、屋上まで上がって干さねばならず、大変だったろう。紙オムツはまだなかった。

十年以上経った後も、妻は時折この歌を唄っていた。あの辛かった頃があっての今がある。妻はそんな思いで唄っていたのであろうと、今頃になって気がついている彼だった。

あの頃、二人でよく歌を唄った。特に強い記憶があるのは、「誰よりも君を愛す」だった。彼がマヒナスターズの裏声をまね、妻は松尾和子ばりに声をつくって唄った。

お互いに、愛している、なんて、まだ口に出せない世代だった。戦後世の中が変わったといっても、そう急には変えられないものもあった。この歌をいっしょに唄うことによって、互いに、照れずにアイ・ラブ・ユーを告げ合っていたのかもしれない。

あの頃、戦争が終ってもう十年以上が経っていた。しかしまだ戦争の傷痕を胸に生きている人々も多かった。そんな人々の吹き溜りのようなアパートで、水商売の女たちや、仲居勤めのオバサンや、もう多分五十歳ぐらいなのに春を売っているらしいと噂のある戦争未亡人の女もいた。戦争を境に零落した人たちが多かった。

彼自身の胸からも戦争は消えていず、空襲で店が焼けなかったら戦後の苦しい生活もなかったであろうし、父が何かを残していてくれたら、自分も、小企業のサラリーマン、という今とは違う暮らしがあったに違いない、という思いから抜けていなかった。自分で事業を起こすのが望みだったが、方途はまだまるで見えていなかった。

しかし、世間は、この頃、高度成長の門口に立っていたのだった。昭和三十五年には池田内閣が所得倍増計画を発表し、大規模な住宅団地千里ニュータウンが開かれたのは、昭和三十七年のことだった。

昭和三十九年には東京オリンピックが開催され、新幹線も営業を開始し、この年には彼もアパートを離れることができていた。

ニュータウンの公営住宅の抽選に当たり、

「へええっ、アメリカみたいやなぁ」

アメリカへ行ったこともないくせに、こんな感想を口走って、建ち並ぶ高層住宅群、緑に溢れた清々しい郊外へ移ったのだった。

やがてローンで家を買えた。会社をやめて、独立し、子供たちも大学を出し、大きな借金はしたが、マンションのオーナーになった。その時になって、自分の中で、やっと何かが終った、というような感慨があった。

しかし、地震でのマンションの崩壊は、積み上げたつもりの三十余年の跡形もない崩壊だった。その現場で、彼は一瞬の錯覚を覚えた。空襲翌朝のあの瓦礫にまだ立っているような気がしたのだった。結局は何も終っていなかった。そんな気がしたのだった。

思い出したくもなかったはずのあの天王寺のアパートと回りの猥雑（わいざつ）な巷が、今になって妙に懐かしくなっているのは、彼にとって、そこが今唯一目にすることのできるだろう生きてきた痕跡だったせいかもしれない。

電車が天王子駅に着こうとし、彼の脳裏には遠い記憶の風景が蜃気楼（しんきろう）のように浮かんでいて、微かに胸が弾むのを感じていた。

しかし、昔と変わらぬ道を行くと、まったく見覚えのない広い道幅の道路が交差する地点に出会ってしまったのだった。

ひっきりなしにクルマの行き交うその交差点の道端に立った彼の胸の中を、ふとうそ寒いものが吹き抜けた。

このあたりに、あの街巷（がいこう）があったのに気がついたのだった。新しい道路ができて、アパートもろとも、一画の巷そのものが消滅しているのだった。

二十年ほど前になるだろうか。生まれ育った街に行ってみたことがあった。だがあの時は、ビジネス街に変わってはいたが、道路は変わらず、借りていた家のあったのはこのあたりと推測できるビルもあった。しかし、ここでは道すらも跡形もなく消えてしまっているのだった。

手放したマンションのあたりもやがてこうなる。彼はふと思った。震災後区画整理が計画されているのを聞いていたのだった。

子供たちもいつかはあそこを訪ねることがあるだろう。その時、きっと同じ想いをするだろう。いやマンションを自分が継ぐことになると思っていた子供の感じる虚しさは、より深いものがあるに違いない、と想像すると、やりきれなくなった。妻も同じやりきれなさに苦しんでいるのであろうことを思った。

妻が、転業のためにこんな目に遭ったと責めないのは、その転業が子供たちに何かを残してやりたいという願いからだったことを、十二分に知っていたからだと気がついた。

彼は、不意に、ダンボールをかき分けてカラオケ・セットを捜し出し、妻といっしょに「誰よりも君を愛す」を歌いたい。そんな気になった。

彼はもときた道を戻りながら、もう一度振り返ってみた。だが、やはり記憶のある何も見えず、見覚えのない高層ビルの彼方に青い空が広がっているばかりだった。

その空に、彼はあの巷の蜃気楼を描こうとした。しかし、奇妙なことに、思い描けた街並みは、そこにかつてあった街ではなかった。それは、先ほど歩いてきた、今の住居からＪＲ駅までの高層マンションの間のあちこちにうずくまっている路地道の巷と、薄汚れた自分の住むアパートの風景だった。

そしてその風景が今急に懐かしく胸に迫ってきたのだった。妻が気になった。

陽はすでに行く手の西空にあったが、通天閣の向こうに落ちるにはまだ少し時間があるようだった。

行く手はるかに霞む通天閣を望みながら、その時間はふと自分と妻との残りの時間のような気がし、その時間がいとおしくなった。

「嫁ハンと連れで、この時間、歌でも唄って楽しまな、損でっしゃないか」

彼はわざとオーバーな大阪弁で独り言して、気持ちを切り替えようとしていた。

しかし、今まだ妻は歌を唄わないだろう。そんな気がした。

妻に記憶のままにあの街の絵を描くことを勧めてみてはどうかと思いついた。地震以来絵筆を持つことなどなくなった妻だったが、あの街の絵なら描く気になるかもしれない。いやぜひ描かせたい。カートンいっぱいに描き溜めた葉書大の水彩画を捨てもせずに運んできた妻だった。絵筆をとらせることが、彼女の欝屈した心を立直らせることにつながるかもしれない。彼はそう思った。

その絵が描けたとき、絵を前にして、二人で、「誰よりも君を愛す」を歌うことを想像し、あぁ、あー、と、マヒナまがいの裏声も出してみた彼だった。

そう言やぁ、あの妻の生家の街の絵もダンボールに入ってるはず。あれも壁にかけて、戦争中のいろんな軍歌も歌たろやないか。

「ところで、損と言やあ、宅地建物取引主任の資格、使わんなんて損やないか。年金で食えるんやから気楽に仲介業を再開しよう。いやその前に、もうちょっと広い、自分自身の宿を、自分で自分に仲介するんが、先チャイまっか。いやそのまた前に、荷物、かたづけなアカン。そやないと絵も描けんやろ。つまり、先ずは、その場で絵ェ描け。ちゅうコッチャな」と独り言して、「いやそれより先に、子供たちの居る関東へ、旅行に誘うほうが、ええかもしれん。それで嫁ハンも子離れ、しよるかもしれん」

彼は、無意識に、「誰よりも君を愛す」を歌っているのだった。

白髪の妻の後ろ姿が、痛切にいとおしくなっていた。

（「季刊文科セレクション」版）

初出（「抒情文芸」二〇一一年七月）

三島由紀夫と徳岡孝夫と大阪弁

土井荘平

本書に三島由紀夫について書いたものを入れるつもりはなかった。というのは、徳岡の『五衰の人——三島由紀夫私記』という新潮学芸賞を取った名著があり、その一部を抜粋したりすれば、かえって名著を冒涜することになってはいけないと思ったからだった。

ところが本書を編み上げる寸前、NHKテレビのBS放送での「アナザーストーリー」という番組で「三島由紀夫の割腹自殺事件」を取り上げ、当時の証人として徳岡が出演するということがあり、最近少し目を悪くしていてテレビの操作が難しく、その放送時にはうまく見ることができないかもしれない彼のために、DVD録画をしたりしたせいもあって、私見を少し書いておきたくなった。

その事件というのは、一九七〇年（昭和四十五年）十一月二十五日、陸上自衛隊市ヶ谷駐屯地内の東部方面総監部の総監室を訪問した作家の三島由紀夫と「盾の会」（三島が左翼革命勢力の間接侵略から日本を守るとしてつくった民兵組織）のメンバー四人が、突如総監を拘束し自衛官を集めるよう要求、集まった隊員にバルコニーから呼びかけ、憲法改正のための決起（クーデター）を促したが、自衛官は相手にせず、三島は総監室にて割腹自殺をした、という事件だった。その朝三島から電話を受けて市ヶ谷に来ていた当時「サンデー毎日」の記者だった徳岡は、三島からその檄文を託されて持ち帰ったのだった。

徳岡がデイケアサービスで通っている二か所の老健施設で、NHKの放送のDVDがあると言ったところ、見たいという要望が多くの人からあって、みんなで見たという。

徳岡は最初、「これはどういうことだろう、NHKが今取り上げて番組をつくるということも含めて三島由紀夫に対する再評価の空気でも生まれてきているのかなあ」と言っていたが、上映後は「一種の好奇心にすぎなかったんだろうなあ」と電話で言った。

私は「そうだろうなあ。老健に来ている人たちはもう憲法改正なんてことは本気で考えないだろうしねえ。それに、最前線にいた君たちジャーナリストなどと違って、一般の人たちは、あのとき、あの事件には、ポカンとした、というのが正直なところで、何をやってるんだろうあの作家は。とまったく理解できなかったんじゃないか。それがどういうことだったのか解るならおもしろい。そう思ったんじゃないか」と答えた。

その日中曽根防衛庁長官は三島の行動を「迷惑千万」「民主的秩序を破壊するもの」と批判し、佐藤栄作首相も「気が狂ったとしか思えない。常軌を逸している」と記者団にコメントし、メディアはそんな政府首脳の意見に沿ったような、どこも似たようなどちらかといえば突飛な行動のように報道した。それは六〇年安保騒動の際に、主要新聞社が出した共同宣言「暴力を排し議会主義を守れ」を踏襲する以上当然のことではあったが。

当時一般の人たちにとって、情報は、（ＳＮＳというものによってウソもマコトもさまざまに伝えられる今と違って）テレビや新聞というフィルターを通ったものしか届かなかったから、一般人が訳の分からぬ行動と思っても無理はなかった。徳岡が三島の檄文の全文を発表しても、それは限られた部数の週刊誌であって新聞本紙ではなかったのだから。

三島は何年も前から七〇年に何かを決行することを計画していたようで、それは安保条約の自動延長がなされるこの年には六〇年安保騒動のように反対運動が大規模に起こり、その鎮圧に自衛隊も出動するだろうと予測し、その期に憲法改正、自衛隊の国軍化を訴える行動を起こそうとしたのであろう。

しかし確かにその年一九七〇年には、後に七〇年安保騒動といわれる、全共闘（全国全共闘連合、反共産党系各派学生組織の連合体）の学生や左翼系団体の安保延長反対運動はあったが、六〇年安保の反対運動の比ではなかった。（小学館発行の昭和、平成現代史年表によれば、六〇年安保改定阻止の実力行使には五八〇万人が参加、とあるが、七〇年の反安保統一行動の参加者数は七七万人とある）。

六〇年安保は、まだ戦争の記憶も薄らいではおらず、人々の戦争に対する拒否感が強かったことや、戦争を始めた東条内閣の閣僚であった岸首相への反感もあり、「安保は日本をアメリカの戦争に巻き込むもの」という反対派の主張に理解を示す市民も多かった。

また戦後の報道機関は戦時中の反省から権力とは一定の距離を置く方針を取っていて、日米安保条約の改定を巡る報道でも、岸内閣が衆議院に警官隊を導入して強行採決を行ったことを批判、そんな報道も大衆の岸批判を加速させたかもしれない。

ところが六月十五日に、暴力団と右翼団体がデモ隊を襲撃して多くの負傷者を出したり、全学連をはじめとするデモ隊が国会議事堂に突入して機動隊と衝突し、その混乱の中で樺美智子「東大生」が死亡するという事件が発生すると、報道各社は態度を一変し、朝日、毎日、読売、産経、日経、東京新聞、東京タイムズの主要紙七社が、前述の「暴力を排し云々」と題する共同宣言を発表した。各社は宣言後、国会突入事件を主導した全学連などのデモ隊を批判するようになり、逆に政府への批判を控えるようになった。

混乱の中で、条約は自然成立し、岸内閣は混乱の責任を取る形で、総辞職を表明した。改定安保は成立し個人的に攻撃の的になっていた岸が退陣し、池田勇人内閣が成立すると、運動は急激に退潮した。

池田内閣は「所得倍増計画」を打ち出し、総選挙にも圧勝し、安保改定が国民の承認を得た形になり、経済政策に邁進することになる。

そして、七〇年になると安保反対の勢力は、左翼の分裂と内ゲバや暴力的な闘争方針などで大衆や知識人の支持を失うこととなっていたが、それにも増して六〇年とは世情が大きく変化していた。

「彼が死んだ昭和四十五年という年は、昭和元禄の絶頂だった。インフレと闘いながら一心不乱に働いた高度成長期の努力が実を結び、日本人にようやく繁栄の果実を味わう心の余裕が生まれた。西に大阪万国博、東は銀座に歩行者天国が始まった。ママさんバレーが全国にひろがり、……」（徳岡孝夫「トリマルキオの饗宴」）

大阪万博は、たいへんな盛況で、日本全国からの見物客が押し寄せた。（一八三日間で六、四二〇万人が入場）私個人で言うなら、一サラリーマンに過ぎない身でローンながら一戸建ての家も持てて、東北から、九州からと親戚が家族ぐるみで我が家に泊まって万博見物に出かけた。日本経済の成長を実感していて、日本の方向はこれでいいんだ、みたいな気になっていたような気がする。数字で見ても一九六八年に国民総生産（ＧＮＰ）は一、四二八億ドルに達し、西独を抜いて米国に次ぐ世界第二位になっていた。体制の変革を目標とする全共闘の運動への共感などなくなっていたのではないか。

この年流行ったテレビ・コマーシャルは、富士ゼロックス「モーレツからビューティフルへ」であり、国鉄「ディスカバージャパン」だった。そんな世の中になっていたのだ。

六九年の東大全共闘による安田講堂占拠が警視庁機動隊の出動で解除されて東大紛争も終わっており、その敗北からか次々に分裂しての暴力行動をはじめていた。先鋭化して警察へのテロ行為なども始めていた赤軍派の幹部は、日航機をハイジャックして北朝鮮へ逃亡した。大人の世の中で彼らはもうとんでもない犯罪者でしかなくなっていた。

この年安保騒動はじめあちこちであった騒乱は警察だけで鎮圧されていて自衛隊の出番などなかった。

目算の外れた三島は自衛隊の決起を促そうとした。「『経済的繁栄にうつつをぬかしていていいのか』、『魂が死んでいいのか』と叫び」(徳岡孝夫「トリマルキオの饗宴」)、自衛隊が動かないと知ったとき割腹という手段で世間に訴えようとした。割腹し自らの死を以って戒める、諫めることは古来日本の武士にとっての常法だった。彼は成功しないことも覚悟していたのであろう。だから檄文を渡すべく前もって徳岡を呼んでいたのであろう。それ故彼にとってその檄文を広く伝えてもらうことは極めて重要なことであったに違いない。

ここまでは実は前説で、三島個人のことは友人徳岡孝夫から聞く以外ほとんど知らない私が書くのは、そんな固い話とはまったく別の次の次のような憶測話である。

その放送の中で、自衛隊バルコニーの下にいて、徳岡は、「三島さん、死んだらアキマヘンでえ」と大阪弁で、呟いていたと言っている。またこの番組の最後は、徳岡の大阪弁による、死なないでいい作品を書いてくれたほうがよかったのに、みたいな言葉が〆になっていた。今も徳岡は大阪弁を基調とした言葉で日常話している。

取材で三島と会ったとき、上京してまだ間もない徳岡がコテコテの大阪弁で話しはじめると、三島は転げまわって笑い喜び、「徳岡さん、その大阪弁は、忘れちゃア駄目だよ」と言い、「忘れようと努力してヘンもんが、忘れるはずオマヘンがな」と答えると、それにまた三島は大笑いしたが、何がそんなにおもしろいのだろうと徳岡は思ったという。三島の標準語と徳岡の大阪弁の会話で、やがて最後には三島が檄文の発表を託す信頼を得たのは稀有なことだと思う。東京人は、大阪弁でべらべら喋る大阪人を信用できないという人が多い。江戸時代からの「贅六（ぜえろく）」という蔑称もあるように。

三島は、警察に握りつぶされることを危惧し、個人的に信頼できる徳岡に託したのであろう。託された徳岡は靴の中に忍ばせて持ち帰り、「サンデー毎日」に全文を掲載した。

どうして大阪弁でしか喋らない徳岡への信頼が三島に生まれたのか。

三島由紀夫が戦争末期に徴兵で入隊するはずだったのは、兵庫県の加古川の聯隊だったそうである。（身体検査で落ちて現実には入隊はしなかったのだが）なぜ東京在住の三島が加古川の聯隊なのか。三島由紀夫、本名は平岡公威（きみたけ）の家は、祖父が兵庫県から東京へ出てきたのだという。だとすれば当時彼の戸籍の本籍が兵庫県の加古川の聯隊の管轄地域であったに違いない。それ以外には三島が加古川の聯隊に入隊する理由は考えられない。

三島の幼時、平岡家のなかでは祖父の関西弁が聞えていたのではないか。官吏で樺太庁長官などをやっていたという祖父は、家庭内での存在感は希薄だったかもしれないが、そうであったとしても、三島が祖父の言葉を聞かないで育ったとは思えない。そしてその祖父が簡単に関西弁を使わずにいられるようになったとは想像できない。アクセントの違いを覚えるだけでも大変なことなので。役所では無理して標準語らしく喋っても帰宅すれば「ああ、しんど」と関西弁で呟いたりしたであろう。だから三島にとって関西弁は聞きなれたものだったのではないだろうか。だから大阪弁でしか喋らない徳岡との会話にも違和感を覚えることもなく、またいわゆる江戸っ子に多い大阪弁で喋る人間への差別意識もなく、徳岡の人間性と相俟って、彼への信頼も生まれたのではないだろうか。

私事で恐縮だが、東京に住む私の孫たちは標準語でしか話さない。しかし親が家庭内で話す関西弁に何の違和感も持っていないようだし、特殊な関西弁の言葉のニュアンスも理解できているようである。

（「文学街」二〇二〇年五月）

山崎豊子を送る

徳岡孝夫

九月二十九日、山崎豊子氏が逝去した（享年88）。中国残留孤児をテーマにした『大地の子』、医療界の暗部に切り込んだ『白い巨塔』等、社会派の名作を数多くものした作家の原点は何だったのか？　若かりし頃、毎日新聞で机を並べた徳岡孝夫氏が、「お豊さん」の知られざる素顔を明かす。

昭和三十年、私は毎日新聞の高松支局から大阪本社の社会部へ転属となった。その時に大阪本社学芸部に所属していたのが五年先輩の山崎豊子である。学芸部の上司には井上靖がおり、産経新聞には福田定一（のちの司馬遼太郎）がいた。高度成長前夜、日本全体にまだ猥雑な活気が満ちていた頃である。

堂島にあった大阪本社は、学芸部のデスクに向かうには必ず社会部を通らなければならない作りだった。

お豊さんはいつも洒落た赤い縁の眼鏡をかけ、殺伐とした社会部をそそくさと通り抜けて行った。

「あれ、誰？」と同僚に問うと、「小倉屋の娘やねん」。塩昆布の老舗の小倉屋は彼女の実家で、のちに小説『暖簾』のモデルとなった。

赤縁眼鏡にはこだわりがあったようで、何十年後かに眼鏡の話をすると「そう！　あんた、あれ覚えてててくれてんの！」と、お豊さんはとても嬉しそうだった。今思えば、のちに結婚することになる学芸部の同僚カメさん（杉本亀久雄）への密かなアピールだったのかもしれない。

私は昭和四十年に東京本社へ異動し、「サンデー毎日」編集部に配属となった。お豊さんも『花のれん』で直木賞を受賞後に会社を辞め、職業作家として「サンデー毎日」に『白い巨塔』を連載していた。

お豊さんと私の青春は、ここから始まる。

大学病院の腐敗をテーマにした『白い巨塔』の衝撃は凄まじかった。当時の大学病院は特権階級である。稀代の名指揮者カラヤンが初来日した時、『白い巨塔』のモデルとなった阪大病院の総婦長はプラチナチケットを患者に見せびらかして自慢していたほどだ。

阪大病院では「俺は山崎豊子は診ない」と公言する医師もいたほど反発も大きかった。だが、お豊さんはけっして圧力には屈しない。女ながら、喧嘩にはめっぽう強い人だった。

その強さをつくづく思い知らされたことがある。

きっかけは、私が東京高検検事長を取材した時のこと。取材を終えた後、検事長が雑談でこう言った。

「『白い巨塔』が終わるのは勿体ない。医療裁判を描いたらもっと面白くなる」

彼は裁判の流れを延々語った。私は編集部に戻り、編集長に概要を報告した。すると、「それを全部書け！」と、記憶の限り全てメモにするよう命じられた。メモは役員を通じてお豊さんのもとに届けられた。

その直後、「医療裁判をテーマにした『続・白い巨塔』の連載を始める。徳岡、お前が担当になれ」と命令が下った。後に聞いたところ、お豊さんが私を担当者に指名したという。

だが、私はこの指名を拒絶した。昭和ひと桁生まれの私には、女性作家の補助をすることが心情的にどうしても受け入れ難かった。関西弁でいうならば、「けったくそ悪い」のだ。

私とお豊さんの意地の張り合いがしばらく続いた。

編集長は私を大阪へ連れ、お豊さんとの「手打ち」をした。北新地のビフテキ屋で、生まれて初めてビフテキを食べた。お豊さんに「けったくそ悪い」とは到底言えないから、「僕は自分の記事を書きたいのです」と言い訳をした。

その代わり、私の同級生で親友のK弁護士を紹介し、法的な知識の助言をしてくれるよう取り計らった。

K弁護士はその後、『続・白い巨塔』だけでなく『華麗なる一族』『不毛地帯』にも携わり、彼女にとって執筆に欠かせない相談相手となった。必然的に私との縁も深まり、その頃から

「お豊さん」「徳ちゃん」と呼び合うようになった。

お豊さんはカメさんを早く亡くした。まだ何者でもなかった「山崎豊子」の頃を知っているのは、ほぼ私だけになった。

「文藝春秋」に『運命の人』を連載する準備を進めていた十数年前、お豊さんの家に行ったことがある。

「今度は新聞記者書くねん。でも最後は悲劇的やないと、ちと具合悪いんや」

「ほんなら僕を書いたらええやんか。しかし、まだ書くんか?」

お豊さんは笑い、長年連れ添った秘書にこう言った。

「なあ、徳さんが『まだ書くんか』言うてるわ!」

立ったまま靴下を履けるうちはまだ若い。という話をした時、「私だって立ったまま靴下履けるよ」と、今にも目の前で脱ごうとし、面食らったこともある。

最後にお豊さんに会ったのは十二年前、新潮社の名編集者として知られた斎藤十一の葬儀が、鎌倉の建長寺で行われたときだった。

お豊さんは、一世一代の弔辞を読んだ。作品への中傷に対する裁判を進めていたお豊さんが、「作家は裁判に勝っても作品で負ければ敗北だ」と言われた逸話。「芸能人には引退があるが、芸術家にはない。書きながら棺に入るのが作家だ」と檄を飛ばされた話……。

〈次は私が原稿用紙と万年筆を持ってそちらへ参ると思いますから、ここでお別れの言葉は中し上げません〉こう締めくくられたお豊さんの弔辞は、誰よりも胸をうつものだった。

葬儀が終わると、彼女は私を見つけ、「徳ちゃん！」と叫んで抱きついてきた。ちょっとドラマチックに再会を演出してやろうという思いがあったのだろう。

私もまた「あんた、人目があるよ」と冗談を飛ばした。身体を抱きかかえる格好になり、「よう太っとるなあ」と感じた。背中に回した手がブラジャーのホックに当たった手ざわりを、今も思い出す。

今年の初頭にも電話で話したことがある。

「最近、講演してんねんけど、評判ええねん」

「ほな、横浜でやってくれたら行くわ」

「なら一度、そっち行くわ」

これが最後の会話だった。

作品の知恵袋だったK弁護士も一昨年亡くなった。残された者が抱える空漠感は、日増しに大きくなる。

私もお豊さんにはお別れの言葉は申し上げまい。

（「週刊文春」二〇一三年一〇月）

温顔忘じ難く（久鬼高治、伊藤桂一、森繁久彌諸氏）

土井　荘平

「文学界」で西村賢太君の連載「雨滴は続く」がはじまった。昨年十二月号では、同人雑誌「煉瓦」の主宰者久鬼高治さんとの関わりについて、仮名を使用しながら記述していて、当時十人前後の「煉瓦」の同人の端っこに居た私は興味深く読んだ。

私は中途から加わった新参者で、西村君同様久鬼さんとの個人的な繋がりから加入させてもらった。その加入時の編集後記にて、久鬼さんは、次の如く紹介して下さった。

「次の報告は、土井荘平君の同人参加である。土井君も私の古い文学上の知人である。……土井君が大阪へ帰ってから長い間その消息を知らなかったが、定年後になって、大阪で精力的に文学活動を再開した。彼の小説の大阪弁のおもしろさは独特である。現在は東京の近くに住むが、療養中である。……」

私が久鬼さんを知ったのは私が二十歳そこそこだった五〇年代初頭のことだ。当時下宿学生だった私は、江戸川区のアパートにサークル誌を主宰されていた久鬼さんを訪ねた。新日本文学会中央常任委員という厳しい肩書きに恐る恐る訪ねたのだったが、気さくでおしゃべり好きなその人柄に魅了されて、そのサークルに入れてもらった。しかし出席してみた勉強会では、「学生さんかい」と一言声をかけてくれた人がいただけで居心地が悪く、二、三作の創作を載せて貰ったりして、一作は「葦」に転載されたりしたが、勉強会にも行かず久鬼さんを通じてのみの付き合いだった。だがそんな私に、久鬼さんは度々手紙を下さったりした。そんな記憶から数十年の後に連絡を取ることとなったのだった。

「煉瓦」に入れていただいてからも、遠隔の地にいたこともあって、私は一度も勉強会には出席できず、したがって西村君とも面識がないのだが、すべては久鬼さんを通じての連絡で、半年刊の誌に書かせてもらったのだったが、久鬼さんは頻繁に電話を下さったり、ハガキに細かい字でびっしりと現況を知らせて下さったりした。世話になりっ放しだった。

ところで私が大阪弁を使う小説を書いていたのには、別の先達の影響があった。

丁度西村君の連載がはじまった「文学界」が出た頃、伊藤桂一先生のお別れ会の案内状を受け取ったのだが、なんと滋賀県の膳所（ぜぜ）の寺での開催で、今の私には行けなかった。

文学とは無縁の何十年かを大阪で過ごした後、ふと旭屋書店で投稿文芸誌を見つけ投稿したところ入選し、その選者が伊藤先生だった。

伊藤先生の短評は、〈極めて達者な語り口で、自身の来歴、さまざまのできごとが語られます。……織田作之助風の達者もありますが、少々、筆に溺れ過ぎがあって、作の質を落としたかと思います。上方ことばの作品は、読みづらい、という人もありますが、関西系の私には、耳ざわりも悪くない文章でした。）

　これは老人の自尊心と意欲をくすぐるのに十分な言葉でした。

　以来私はその雑誌「抒情文芸」への投稿を続け、書く度伊藤先生は入選させて下さり、「物語の運びが、実に上手だと思う」とか、「申し分なく練達した作者の筆づかいに酔わされます」とか、「文章上手なのでいつも楽しく読ませてくれます」とか、「書き慣れた文体に惹きつけられながら読了できます」とか、何しろ伊藤先生は褒め上手で、私は関西弁の語りを紡ぎ続けることになった。勿論欠点の指摘もされたが、それは勉強になった。

　個人的に先生独特の芸術的ともいえる崩し文字でお手紙も頂戴するようになり、東京から神戸に移られたときには、その神戸の摩耶埠頭界隈は私の良く知っていた土地でもありましたので、そんなことを書いてご機嫌伺いしたこともありました。

　私が敬愛する先達は、もう一人、それは、故森繁久彌さんだった。旧制中学の大先輩で、同窓会の席上で一度お会いしただけだったのだが、私が雑誌「大阪春秋」に「橋めぐり浪花回想譚」を連載中に、お手紙を頂戴した。「思い出せば、堂島小学校六年の時、堂島大橋の新装なり、私ども行列で渡り初めに参りました」とあった。そして突然電話を下さり、いろいろアドバイスをいただいた。森繁さんから頂いたたった一度だけの電話だったが。

　後に、「煉瓦」終刊後入れて頂いた「文学街」誌に掲載され、「週間読書人」の文芸同人雑誌評にて白川正芳氏から「人生のさまざまな連想を誘う」作として好意的な長文の紹介を頂いた

「私的なにわ橋ものがたり」は森繁さんの言を参考にしつつ書き直したものだった。

以来何度もお手紙を頂いた。私が拙作掲載の雑誌や本をお送りすると必ず一筆書いてきて下さった。拙書をお送りしたとき、「……なつかしい大阪の風物が出てきます。私は堂島ですが、同級生にあすこにあった花やと云う大旅館の娘がおり、仲良しでした。もうなくなりましたが……」などと思い出を書いてこられたこともあった。また、拙作に対して「当節リリカルなものがなくなりました。どうぞ、めげず御続け下さい」とあり、感激し、大変励みになった。三年続いて正月に、「米寿です」と書いてこられて笑ったものだが、考えてみると、数え年、満年齢での正月、誕生日を過ぎた翌年正月、と三度、米寿、と言っても間違いではない。

まもなく米寿を迎える私ですが、御三方とも米寿を過ぎても元気に活動されていた。あやかりたいと願っています。

尚、「温顔忘じ難く」とは、久鬼さんが保昌正夫先生への弔文に使われた言葉。敢てその言葉を使わせて頂いて題名としました。その文中には、保昌先生から同人誌「煉瓦」へ縷々励ましの言葉を送ってくださったことを感謝しつつ、「煉瓦」所載の拙作「消えて行くもの」について、「好い作ですね。斯ういう作品に出会うと、同人雑誌評つづけていると良かったナと思います」と、ハガキをくださっています。と拙作に触れていただいた件りもあったのでした。そしてその弔文が掲載された雑誌を送ってくださった時には、こんな久鬼さんのメモがついていたのでした。「保昌正夫先生が急逝されたことは、貴兄にとっても私としても無念やるかたないことです」

御三方から見れば、小生など知人の端っこの端っこに辛うじて存在したに過ぎなかったでしょうが、小生にとっては忘れ難い貴重な先達方でした。

（「季刊文科」二〇一七年五月）

森繁さんからの遺言

徳岡孝夫

去年の六月のことだった。私は悪性リンパ腫という病名で長期入院していた。いくら点滴しても治るかどうか。ガン性だから、どうせ綺麗さっぱりとは治るまい。最初の三ヵ月ほどは、おむつを当てて寝たきりで過ごした。

そういう病人のところへ馴染みの編集者が来て、言った。

「あなたがウチの雑誌に三十年のあいだ連載してきたコラムを、このたび集めて一冊の本にすることになった。作業はすべてこっちでやるから心配ない。ただ、あとがきは自分で書いて下さい」

私は考えた。長年の愛読者に別れるのか。しかし、こっちもこの世に別れそうな病状である。別離の文を書いて、あとがきにしよう。だが書く気力と体力がない。誰かの詩を引用して読者との別れにしよう。誰の詩がいいか？　そうだ、大木惇夫（おおきあつお）の詩がいい。

そういうわけで、私は大木惇夫の「戦友別盃（べっぱい）の歌」を全文引用して、あとがきに代えた。

「言ふなかれ、君よ、わかれを／世の常を、また生き死にを」で始まる、少し長い詩である。

南シナ海を、日本軍を積んでオランダ領東インド（今のインドネシア）に向かう輸送船の甲板で、二人の戦友が盃を交わしながら別れを惜しんでいる。「あすは敵前上陸だ。俺はバタビア（今のジャカルタ）を攻める。お前はバンドンを戦い取れ。命あらば再び会って、南十字星を仰ぎながら再び飲もう」という詩である。

あの戦争は日本の侵略だったように言われているが、日本が起って力で白人を追い出さねば、アジアは今日も白人の植民地だっただろう。大東亜戦争を肯定しないまでも、歴史を受け入れる柔らかい心さえあれば、日本の行為は是認されるのだ。私はそう思いながら詩を引いて読者と別れた。

退院後も抗ガン剤の点滴を受けに通院して三ヵ月、主治医は「あなたの腫瘍は一つもなくなりました。この写真を持ち帰って、御家族に見せてください」と、二枚のエックス線写真を渡した。私のガンは完全に治っていた。

私が満面の笑みをたたえて家族に朗報を伝えた翌朝、新聞に森繁久彌氏の訃が出た。九十六歳。老衰のため病院で、とあった。

私の出た旧制・北野中学（今は高校）の先輩である。私はひそかに彼のことを「日本のチャップリン」と思ってきた。

大衆演劇の分野で初めて文化勲章を貰ったことなど、森繁氏の生涯の功績は詳しく新聞に出ている。映画の名作「夫婦善哉」ほか、ミュージカル、テレビでの活躍も、共演者の談話を添えて出ている。しかし何よりも、私は彼が戦後日本人の哀歓を巧みに演じた点に拍手を送りたいと思う。チャップリンも、現代西洋人の哀歓を演じ、その背後に鋭い批判を込めていた。森繁氏の「知床旅情」が大ヒットしたときも、当時のソ連に「北方領土奪還を狙う日本の陰謀だ」との声が上がった。

去った人のことを思いながら、私はＣＤの「森繁久彌愛唱歌集」をかけた。驚くべし、そこに私は自分の本のあとがきに引いた「戦友別盃の歌」の朗読が入っているのを発見した。「見よ、空と水うつところ／黙々と雲は行き雲はゆけるを」と終わる。

私に宛てた彼の遺言と思えてならなかった。

（「お礼まいり」二〇一〇年七月）

T君への手紙

土井荘平

妻の葬儀は身内で済ませたので、知人へは、葬儀での私の喪主挨拶を文書にしたものをつけて死亡を報告する書状を送った。目の状態が悪い君には送らなかったけれど。と電話で言ったら、君はその喪主挨拶を送れと言う。多分誰かに読んでもらって聞いてくれるのだろうと推察して送っておきます。

喪主として一言ご挨拶申し上げます。御棺の中の安らかな顔にてご覧頂くように、何の痛みもなく、苦しむそぶりもなく、眠るように旅立ちました。

身内だけで親しく見送ってやりたいと、両方の兄弟姉妹とその子供たちだけの家族葬の見送り式とし、それでもこのように二十名に余る皆様に参列いただきました。キリスト教徒やら仏教徒やら、いろいろおられますから、宗教とは無縁の献花のみによる見送りの形をとらせていただきました。

今会場に流れておりますのは、彼女が若い頃から好きだった越路吹雪のシャンソンです。家でもよく聞いていたＣＤを持ってきましてＢＧＭとして流してもらっております。「ラストダンスは私に」、「ろくでなし」、「サントワ・マミ」、「バラ色の人生」、「枯葉」、「誰もいない海」、「愛の賛歌」、が次々に、繰り返し流されます。

そこに置いておりますのは、私が御棺の中に入れてやりたいと思っているものです。

一枚の写真、それは私たちが二人で並んで写った最初の写真です。もう六十年近く昔のもので、当時写真はまだ白黒の時代でした。通りすがりの人に頼んでシャッターを切ってもらった素人写真ですが、私たちにとってはかけがえのない貴重なものでした。写真を御棺に入れると写っている人は連れて行かれるなどと言われますが、連れて行ってくれるなら、連れて行ってくれ、という思いで入れることにしました。もうあんたとはイヤよと言うかもしれませんが、そんなことを言わないで連れて行ってくれよ、という思いです。

布製の二体の子供の人形、もう服も色褪せた人形ですが、もう随分前から自分のベッドから見えるところにずうっと置いていました。この人形を見ながら、二人の子供の小さかった頃を思い出したり、二人の孫の幼児の頃の追憶に浸っていたのではないかと思い、持って行ってもらうことにしました。

それから、カステラ、森永のあずきキャラメル、そしてココナッツサブレ、晩年の好物でした。しかし、そんな好きなお菓子も一ヶ月ぐらい前からは食べられなくなりました。思う存分食べてくれ、とそれらも入れてもらいます。

熊本で生まれ育ち、東京で学生時代を送り、その後は私と人生の中で一番長く大阪で暮らしました。そして晩年はこの関東の地方都市で過ごしました。皆様よくご存知のとおり、波乱に満ちた生涯でした。

息を引き取る前、眠り続けているような三日ほどを過ごしたのですが、その時何を思っていたでしょうか。

露と落ち露と消え行くわが身かな浪速のことは夢のまた夢

これは太閤秀吉の辞世とされる歌ですが、こんなことを思っていたのかもしれません。そうなる前、ときどき、突然、天皇陛下万歳、と叫びました。なんだったのでしょうか。ご承知のように、戦争は彼女が小学校の低学年の時に終わりましたし、身内に戦死者もいません。また彼女自身が特別な主義や運動に興味を持っていたなんてこともなかったのですが、なぜか、天皇陛下万歳、と叫んだのです。本当になんだったのでしょうか。

これはまったくの推量ですが、私は今こんな事を思っています。

彼女から子供の頃の思い出話として何度も、いや何十度も聞いた話ですが、家の表にいると、革の長靴、腰にはサーベルをつけた若い兵隊さんが馬に乗って通りがかり、ひょいと彼女を抱き上げて馬に乗せてくれて、まわりをぐるっと一周してくれた。それは何度もあって、乗せてくれたのは彼女だけで、直ぐ下の弟や近所の子供たちにうらやましがられた。という話でした。兵隊さんといっても、長靴にサーベルといえば将校でしょう。毎日馬の散歩をさせていたのだという。

ひょっとすると、彼女、その若い将校に憧れ、幼い胸をときめかせていたのではないか。そんなある日、部隊は出征していき、彼女たちは、天皇陛下万歳、と叫んで、軍歌を歌って、日の丸を振って見送ったのではないか。そしてもちろんその若い兵隊さんとは二度と会えなかったのではないか。だから、天皇陛下バンザイじゃないかって、ふと思いました。

そんな幼い昔へかえった夢をみながら、静かに逝った、そう思っています。そうであってほしいと思っています。

彼女は、美空ひばりの大ファンでもありました。ひばりより二歳年上、つまりひばりファン世代のど真ん中で、ひばりの唄なら何でも歌えました。お配りしたペーパーは、ひばりの「川の流れのように」の歌詞カードのコピーです。ひばりの唄のCDを流しますので、みんなでこの唄を歌って送ってやりたいと思います。よろしくお願いいたします。

……

……

もう一回、はじめから歌いましょう。

有難うございました。

喪主　土井荘平

古い雑誌の記事で、織田作之助が妻を失ったとき友人の杉山平一に送った葉書に、「呆然としてしまって、路傍の人とも女房の思い出を語りたいぐらい寂しく、人なつこくなってしまった」と書いているのを見つけて、君も奥さんが亡くなったとき、同じような気持ちになって、奥さんの事を書いたあの本「妻の肖像」を執筆し始めたんだろうなあ。と思ったのだが、私も今そんな心境になっているので、喪主の挨拶だけでなく、もう少し読んでもらいたい。

六十代の半ばを過ぎてから小説らしきものを書きはじめ、活字にしたものは、すべて君に送ってきた。君は執筆で締め切りに追われる多忙な中で必ず感想を書いてきてくれた。旧制中学同級生のよしみといっても君の厚情には感謝しきれないものがある。

しかし君に見せていないものもある。会員制のシニア誌（隔月刊）に十二年も毎号二ページのコラムを載せてもらっていた。さらにその雑誌の終刊後は、読者の有志が倶楽部をつくって後継誌を発行しているのだが、それにも投稿して載せてもらっている。それを素に小説を書いたり、あるいは逆に小説を要約したものもあったり、身辺雑記をも含む短いものなので、君には送ってこなかったのだが、百本以上もあり、その中から、妻との暮らしに関するもの、二つほど、ここで読んでもらいたい。

一枚の写真

どこへしまいこんじゃったのか。探したんだけど、みつからない。

三十何年も昔の神社での結婚式、というよりも同棲記念の御祓いとでもいうほうがいい二人だけの式の後、通りすがりの人に頼んで撮ってもらった夫婦の平服の写真、満開の桜の樹が並ぶ公園での写真、結婚式の写真なんてない私たちにとって、ドレス姿じゃなくても一枚だけの大切な写真のはずでした。

「あの写真、知らんか」と訊いてみたのですが、「どの写真？」「机の上に立ててあったヤツだよ」と言っても、思い出してくれません。

あの写真ももうそんなもんになってしまっていたのかと、「まあいいけど」と私の声も尻すぼみになってしまって、（ほら、前の引越しのとき、落ちてガラスが割れちゃった、あのフォト・スタンドに入ってたヤツだよ）と喉元まで出掛かった科白を呑みこんだ。

それを言えば、あの時の話になるだろう。私が詐欺まがいのことに引っかかりそうになり、一時引っ越しせねばならなくなったあのときのことが、話に出てくるかもしれない。あのときのことはもう言われたくない。耳が痛いから聞きたくない。

あのときから、彼女の私に対する思いが少し変わってきたような気はしていたんだが、あの写真に対する想いまで変わってしまっていたのかと、そんな寒い思いになりました。

ところで、何故その写真を探していたかというと、ある会の会報に若い頃の思い出を書く順番がきていて、夫婦の写真も添えて送れ、という要求に、妻がキレイに写ってるのはあの写真が一番だと思いついたのだったが、もうそのことも、言いそびれてしまった。

写りが悪い、と言って嫌がっていた写真だけど、これでもいいか、と別の中年になってからの旅行の時の写真を送った。

案の定、送ってきた会報を見て、妻は、

「なんで、こんな写真、送るのよ」

ぶつぶつ言いながら立っていった。

ところが、戻ってきた妻は、あの写真を持ってるじゃありませんか。公園の桜の樹の傍で撮ったあの写真です。

私はアッと座ったまま更に尻餅ついた思いになって、

「そ、その写真、あったのか」

「こんなもんに載せるんだったら、そう言ってくれたらいいでしょう。はっきり言わないで、勝手に私の嫌いな写真、送るなんて、ひどいじゃないの」

私は言い返すことなど忘れてしまっていたほど、別の感慨に胸がキュンとしてしまっていました。

だから、声を落として、しみじみ言った。

「そうかぁ。捨てていなかったのか」

「当たり前じゃないの。こんな大事なもん、捨てるわけないじゃないの」

なんだか、ほのぼのした思いになっていた私でした。

今私が、こんな十年以上も前のことを思い出しておりますのは、独り暮らしのテーブルの上に立てたその古い写真を、しみじみ見ているからでございます、

独り暮らしはもう一ヶ月になりました。妻が入院しちゃっているんです。

独り暮らしといっても、コンビニ弁当はあるし、不自由はありません。ただ何をしても味気ないんですな、独りでは。まあテレビでも見てればいい、そう思ってたんですが、独りで見るテレビは味気ない。お笑い見ても笑えません。テレビも、実は、二人で見てたんですなあ。

この十年、思えば、穏やかな毎日でした。毎年、花見にも行きました。憶えてはおりませんが、花見のときには、あの写真を撮ったときのことも思い出していたかもしれません。

ふと、未来永劫にそんな穏やかな暮らしが続いて行くんじゃないか、というような錯覚さえ持っていたような、そんなある日、妻が癌だと告知されたんです。

手術を受けまして、転移も見付かっておらず、再発防止のための点滴治療に入っているのですが、抗癌剤の副作用は、見ている私のほうが切ないもんがありまして、早く終わらないものか、と終了の日を指折り数えております毎日でございます。

退院するにはもう少し時間がかかります。今年の桜は見に行けないなあ、と思いながら、ふと思いつきました。明日、病院へ行くときに、この写真を持って行ってやろ。

（「さすが&されどII」）

過ぎにし青春のまぼろし

十二月の一夜、ビールを呑みながら、テレビの「わが心の大阪メロディー」を視ていると、ある女性の「『大阪で生まれた女』を」というリクエストが読み上げられました。「大阪で生まれ、東京の男性と遠距離恋愛をして、東京へ嫁ぎました私にとって、一番の思い出深い曲です。主人が仕事を離れた今は、大阪に住んでいます」とのことだった。

唄を聴きながら、私はリクエストした女性ではなく、定年後妻の故郷である大阪に移り住んだ彼女の夫のことを、その胸中を想っていた。東京は恋しくはないのだろうか。大阪の言葉や文化に戸惑ってはいないのだろうか。それとも逆にそれを楽しんでいるのだろうか。

大阪で年金生活に入っていた私たち夫婦だったが、「こちらへ来たら」という、関東に住み着いた長男の誘いに、妻の表情がふと変わったような気がした私だった。無理もなかった。阪神淡路の大震災で、妻が経営していた大阪、神戸のいくつもの店舗が大きな被害を受けた。特に区分所有していた神戸の店舗ビルはビルごと崩壊した。もう営業を続けるのは無理で、先にリタイアしていた私ともども年金暮らしに入ったのだが、彼女は鬱々として楽しまず心療内科へ通っていた。その上、熊本生まれだが母や四人の弟妹が関東で暮らしていて、自身も青春時代は東京で過ごした、その彼女が私と一緒になったばっかりに大阪に住み波乱の暮らしになった。関東へ移りたいと思うのは当然だった。だが私にとって、大阪は生まれ育ち、そして老いた街である。弟妹も居る。しかし、私はこのままでは妻が壊れるのではないかとも案じ、決断した。私としては「顔で笑って心で泣いて」の苦渋の決断で、「後ろ髪引かれる思い」で故郷を後にしたのだった。

唄は、「道頓堀人情」、「月の法善寺横丁」、「浪花恋しぐれ」、「宗右衛門町ブルース」と続いて歌われ、横にいた妻はその唄を口ずさんでいたが、画面は日本一高いという「あべのハルカス」を映し出し、それは私たちが見たことのない新しいビルだったが、

「あなた、あれ、うちらが最初に住んだところの近所じゃないの」と妻。

「そう。ほら、近鉄の向かい」と私。

私たちは戦争で焼け残った古びたアパートで新所帯をはじめたのだった。

夏は西日を受けた熱が部屋にこもって寝苦しく、しばしば近所の冷房の効いた映画館へ涼みに行った。石原裕次郎や小林旭の活躍する日活映画だった。冬は寒く、電気容量の関係で炭の炬燵しか使えず、ここで生まれた長男は、ヨチヨチ歩きの頃じっと炬燵に入ってなどいないので霜焼けで足をポンポンに腫らし痒がった。キッチンはついていたが風呂はなく、妻は湯の汚れぬうちにと銭湯が開いて直ぐの一番風呂へ長男を連れて行っていた。

電気洗濯機のまだなかった頃とて、中庭の井戸端で洗って屋上まで上がって干さねばならなかった。紙オムツはまだなく、毎日オムツの洗濯は必須だった。などなど、妻の口から次から次へと思い出話が出てきて、そして、ふいに、「あなた、大阪へ帰ろうか」

ガクッ！　私は吉本新喜劇風にずっこけようかと思った。しかし、黙っていた。

妻の思い出話は続く。テレビの大阪にゆかりの唄も続いている。

彼女にとっても大阪は人生の半分を過ごした「第二の故郷」であった。

永く住んだが、言葉の使いようは不得手で、本人は大阪弁になっちゃったと言うが、アクセントは標準語風で、アカンとか、シンドイとか単語だけが関西言葉を使うようになって、たまにはまだ熊本言葉も混じる彼女独特の言葉で、大阪追憶話が続いて、私はやはり「男は黙ってサッポロビール」

「そんなこと、でけヘンねえ。子供たちも孫たちも、みんなこっちにいるんやもんねえ」

妻はしんみり言った。

番組はフィナーレ、上沼恵美子が出てきて、「大阪ラプソディー」、二人で大声出して下手な歌をがなっていた。

振り返ってみれば、苦労ばかりさせた妻のための移住、なんて言うのは、エェカッコのし過ぎだった。私にとっても、まったく未知の地方へ移って来たわけではなかった。首都圏は多感な青春時代の幾年かを過ごした懐旧の地だった。さまざまな思い出もあった。その幻に夢を求めたのかもしれなかった。「過ぎにし青春のまぼろし」である。この言葉も古過ぎましたかなあ。かつて「懐かしのメロディー」という番組で、司会のコロムビア・トップの幕開けの恒例の口上の一節が、「老いたる者には、過ぎにし青春のまぼろしを」であったこと、ご記憶の方はいらっしゃるでしょうか。


（「さすが&されどII」）

〆は、俳句と短歌にします。

電話で、この頃俳句をつくってみてると言ったら、日本の伝統文化を破壊する気か、と君は笑ったが、勉強もしていないのに、盲目蛇を怖じず、でやってみたい事情が私にはあった。まあ笑わずに読んでくれ。

観桜の老女押し行くシルバーカー（抒情文芸）

杖をついても歩くのがシンドイと外出を嫌う妻に、シルバーカーといわれる手押車を買い、二、三百メーター離れた公園へ花見に出かけた。しかし帰途、もう歩けないと言う彼女をその車に座らせて押して帰る羽目になり、以来シルバーカーは無用の長物になった。

それだけは起きて行っていたトイレへ夜中に行こうとして廊下で転倒し、骨折は免れたが全身打撲、その回復が遅れ、寝たきりの状態になり、要介護度の認定は最悪の5になってしまった。

そんな中で肺炎を起して四十日の入院生活も送った。私は一日も欠かさず病院へ行き、昼も夜も売店で買った弁当を食べて、夜遅くまで妻の傍で過ごした。

退院やおしろい群なす小庭かな（抒情文芸）

病院の担当医が言った。「肺炎は治りましたから退院してもらいますが、どうしますか。ケースワーカーに受け入れてくれる施設を探させましょうか。それとも自宅へ帰られますか。入院中リハビリの担当者も結構がんばってくれたんですが、自力で立つのさえ無理な状態で、もうお若くないご主人お独りでの自宅介護は大変だと思いますが」

しかし、家へ帰りたい、帰りたいと口癖のように言っている彼女を、どうして施設へなど送れるものか。ケアマネージャーと相談し、訪問診療、訪問看護、介護ヘルパー、訪問入浴など、介護保険制度を活用してマンション一階の自宅での介護に入った。妻の介護ベッドを置いたリビングのソファーベッドで寝起きし、医師、看護師、ヘルパーさんへの応対、栄養補給の点滴や酸素吸入の状態への配慮もしながらの終日の介護、私は窓の外の専用の小庭、草木が勝手気儘に茂り、枯れ、また茂る小庭に、春夏秋冬の移ろいを見るともなく見ていて、俳句を詠むことを思いついたのだったが、それは、他の表現方法で表す時間の余裕を持てない私の唯一のカタルシスだった。

おしろいは秘かに深紅庭の闇

野良二匹並ぶベランダ小春かな（抒情文芸）

雨に耐え緋牡丹今朝も揺るぎなし（抒情文芸）

老ひし身に庭の夏草たけだけし

そして、

庭の百合何処より来しか妻逝きぬ（抒情文芸）

妻を見送り、短歌にも思いを託してみたくなった。「抒情文芸」誌で、選者の歌人小島ゆかりさんの短評をつけて短歌欄のトップに載せてもらえた一首は、

妻送る喪主の挨拶始むるもヘンな声出で言葉にならず

もう一首

初七日の妻の法要済みし夜子や孫帰り遺骨と二人

ながながと読んでくれて、いや聞いてくれたのかもしれないが、どうもありがとう。ところでお互い、妻に先立たれた鰥夫（やもめ）状態で、間もなく八十九歳にもなるんだなあ。卒寿まで生きられるんだろうか。

（「文学街」二〇一九年四月）

故郷に置いてやりたや

徳岡孝夫

いまから十五年、いやもう少し昔の話。私は吉祥寺の近くの女子大で英語を教えたことがある。書斎にこもっていては老けちまうぞと、古い友人に意見され、「週に一度でいい、ピチピチのギャルに囲まれてみろ」と、非常勤講師になったのである。

横浜の自宅から遠いし、まもなく思いもかけぬ右眼失明・左眼薄明という障害を持つ身になったので、一年か二年で辞めさせてもらい、いまでは教え子の顔もすっかり忘れた。

しかし学校側の記録には、元教師の一人として名が残っているらしい。年に一度「むらさきたより」という同窓会誌を送ってくる。百ページ足らずの薄い冊子だが、私は届くたび、時間をかけて「お便り」の欄を熟読する。

そこには卒業生からの近況報告百篇以上が、出た学部・学科に分け、卒業年次、姓名、旧姓を付して載せてある。戦前は女子専門学校だったのが短大に、さらに四年制の女子大になった古い歴史の学園である。去年卒業した人の便りもあるが、なかには「昭和４年卒」などという人からの手紙が混じっている。

「昨年末に結婚しました」（平成6年、生活学科卒）、「平成十一年十月に結婚し、三月退社し、今は主婦をしています」（同）という便りの後に「二人の子供の母になり、自分の時間をゆっくり持てたら……と忙しい日々です」（昭和61年、幼児教育科卒）、「長男が大学入学、長女が母校に入り中二になりました」（昭和47年、英文科卒）といった便りが続く。

日本国と足並みそろえて、日本女性の人生はグローバル化した。たとえば、

「まだカリフォルニア州サンノゼ近郊に住んでいます。一九九九年六月に二人目のアリエル・舞香を出産し、専業主婦としてますます忙しくなりました」（昭和61年、英米文学科卒）、「主人の仕事の都合で、二度目のドイツ生活を送っています。中三、四歳、二歳の息子達と前回とちがった楽しみ方をしています」（昭和57年、同）

だが、やがて――「主人は定年を迎え、息子も結婚して別に居を構えております。私は健康で太極拳を……」（昭和38年、英文科卒）、「五年近く病気（脳内出血）の主人の看病を致しましたが、とうとう亡くなり、その後私の体の具合も悪くなりましたが、今では高血圧と足・腰が不自由ながら口は達者で……息子夫婦と三人で仲良く送日致しております。早く同窓会に行ける様にと頑張っています」（昭和19年、女専卒）

そして、ついには――

「本年で九十一歳。神仏のおかげを頂いて長命でがん張って居ります。いずれ近い内にお浄土へかえります」（昭和4年、女専卒）

ごく一部を引いたが、私は毎年これを飽きずに読む。何の解説も必要ないだろう。学園で笑いさざめいていた娘たちは、卒業して人の妻になり、母になり、自分では気がつかぬうちに老いて「お浄土」へ移る日を待つ姥になる。忙しく「送日致し」は、期せずして雄弁に「女の一生」を語っている。

この四月中旬の某日、私は午後十時二十四分横浜発の寝台急行「瀬戸」で四国・高松に向かった。昨年暮れに世を去った妻の写真を、彼女の実家へ持っていき一泊させてやりたかったからである。

睡眠薬を呑んだが二時間で目が覚め、あとはベッドの上に座って暁闇から明けそめる東海・山陽道を見て過ごした。翌朝七時二十六分の高松着まで、たっぷり時間がある。

闇の中に「かりや」という駅名が一瞬、窓の外を走った。箏曲の宮城道雄さんは、刈谷の近くで走る寝台車のデッキから転落死（昭和31年）した。そのとき、私は大阪駅前にある曾根崎警察署回りの新聞記者で、「主なき琴だけが大阪に着いた」という記事を書いた。

午前五時ごろ「瀬戸」は一分か二分、その大阪に停車した。千人針を手にして道ゆく人に協力を請うていた愛国婦人会のオバサン。召集されて沖縄へ死にに行く先輩を、群衆と共に沖縄のユンタを歌って送った日のこと。ああ、あそこだった、こちらだったと、私は人影まばらな夜明けの駅前広場に記憶を追った。

須磨、明石の浦は、朝靄の中だった。いつ見ても美しい（だが新幹線からは見えない）、紫式部の昔からの絶景である。少年時代、よく東垂水の海で泳いだ。「十六年はひと昔、夢であった」という熊谷次郎直実のセリフが浮かんだ。

宇高連絡船すでになく、「瀬戸」は大橋を渡って高松に着いた。駅舎は改築中で、仮駅の改札口で駅員が、昔のように手で切符を受け取った。三十年ぶりくらいだろう。私は四十数年前に駆け出し記者をした町、身を焦がす恋をした四国・高松に戻った。

妻の写真を実家の仏壇の亡き父母兄弟の写真の間に置いて一泊させた。私はホテルに泊まって翌朝、栗林（りつりん）公園を歩いた。

七十歳で死んだ妻が二十三か四のときの夏、早朝に公園の池のほとりの茶屋で蓮茶会があった。蓮の花がポッカリ開くのを眺めつつのお点前。彼女は振袖に装っていた。私は取材にかこつけ、カメラを抱いて茶屋の周りをうろうろした。

その頃の私は「高松の中央通りに四国初の交通信号ができた」「丸亀町商店街のラジオ屋が四国で初めてテレビ受像に成功した」などという記事を書いた。今は昔、ひとり栗林公園の池水の布置は少しも変わらない。

女子大の同窓会誌は何百人もが参加して書く「女の一生」だが、妻を喪った私が思うのは妻ひとりの「女の一生」。生まれ育った讃岐から彼女を奪い、大阪の１ＤＫの公営団地から始めて東京にバンコクに、そして横浜で死ぬまで、引っ張り回して苦労をさせた。いっそ高松に置いて、土地の男と結婚させた方が、彼女は幸福だったのではないか。私は幸福のブチ壊し役だったのではないだろうか。

ベッドから起き上がれなくなった妻の脚を、次男は毎夜遅くまでさすっていた。さすりながら「お母さん、どこか行きたいところある?」と聞くと、ポツリ「高松」と答えたという。「何日間くらい?」「ずっと」と答えたそうである。私は妻が死んだ後で、そういう会話があったことを聞いた。

再び妻の遺影を抱き、何の喚起力も持たない新幹線で横浜に戻った。人生は邯鄲一炊の夢である。車中、妻の幸福について考え続けた。

美しかった彼女は、生まれ故郷にいた方が良縁を得たかもしれない。だが、いまさら悔いるのはよそう。詮ない悔恨、無駄な後悔、何よりも無益な自己憐憫ほど幸福を妨げるものはない。アランの『幸福論』に、そう書いてあるではないか。

(「文藝春秋 臨時増刊」二〇〇一年九月)

題名「夕陽ヶ丘」について

土井荘平

原稿が固まった頃、徳岡君より電話があり、「題は、ゆうひがおか、でどうや」と言ってきて、私は、「それ、いいな」と、一も二もなく賛成した。

机上のメモに、夕陽丘、と書きながら、彼と話していると、突然私の脳裏に浮かんできたものがあった。それは、名曲「Red sails in the sunset」のメロディーであり、そのレコード・ジャケットとおぼしき、夕日に赤い帆、の美しい風景だった。夕陽からの連想だったろうが、どんな経路の連想だったのか不思議だった。

それはさておき、夕陽丘、は大阪の上町台地にある地名である。夕陽丘と書いて、ゆうひがおか、と読む。

ここで、織田作之助の「木の都」の一部を引用させていただく。

＊

（私の育った、俗に上町と呼ばれる一角は）路地の多い—というのはつまりは貧乏人の多い町であった。同時に坂の多い町であった。高台の町として当然のことである。「下へ行く」というのは、坂を西に降りて行くということなのである。数多い坂の中で、地蔵坂、源聖寺坂、愛染坂（あいぜんざか）、口縄坂……と、坂の名を誌（しる）すだけでも私の想いはなつかしさにしびれるが、とりわけなつかしいのは口縄坂である。

口縄（くちなわ）とは大阪で蛇のことである。といえば、はや察せられるように、口縄坂はまことに蛇のごとくくねくねと木々の間を縫うて登る古びた石段の坂である。蛇坂といってしまえば打ちこわしになるところを、くちなわ坂とよんだところに情調もおかし味もうかがわれ、この名のゆえに大阪では一番さきに頭に浮ぶ坂なのだが、しかし年少の頃の私は口縄坂という名称のもつ趣きには注意が向かず、むしろその坂を登り詰めた高台が夕陽丘とよばれ、その界隈の町が夕陽丘であることの方に、淡い青春の想いが傾いた。夕陽丘とは古くからある名であろう。昔この高台からはるかに西を望めば、浪華（なにわ）の海に夕陽の落ちるのが眺められたのであろう。藤原（ふじわら）家隆卿（いえたか）であろうか「ちぎりあれば難波（なにわ）の里にやどり来て波の入日ををがみつるかな」とこの高台で歌った頃には、もう夕陽丘の名は約束されていたかと思われる。しかし、再び年少の頃の私は、そのような故事来歴は与（あず）かり知らず、ただ口縄坂の中腹に夕陽丘女学校があることに、年少多感の胸をひそかに燃やしていたのである。夕暮わけもなく坂の上に佇んでいた私の顔が、坂を上って来る制服のひとをみて、夕陽を浴びたようにぱっと赤くなったことも、今はなつかしい想い出である。

＊

織田作之助は夕陽丘に程近い高津中学に通っていた。しかし私は、大阪では南部の天王寺の傍の上町台地からは遠く離れた北部大阪で育って中学へ通い、大阪の北部が生活圏で、上町台地へは行ったこともなかった。夕陽丘という名の町も知らず、男女共学ではなく男ばかりの旧制中学生だった私にとって、夕陽丘とは地名ではなくはるか南のほうにある大阪府立夕陽丘高等女学校そのものだった。

私の近所には遠い夕陽丘高女に通う女学生は居らず、なんとなく優しく情趣ある夕陽丘という名に、きっとその女学校に通うのは、他の女学校とは一味違う美しく優しい娘たちに違いないとどこかで想ってしまっている埒もない自分に気付いていたが、その女学校へのほのかな憧れは消えなかった。

昭和二十年夏、戦争が終わって中学生が女学生と大っぴらに交際できる嬉しい時代になって、翌二十一年、秋のことだったろう、旧制中学の五年生になっていた私は、Sという同級生に女学生との2対2のダブルデイトに誘われた。夕陽丘の子が来ると言われて、私は舞い上がった。前夜は眠れなかった。彼女たちは私を見知っているのだという。実は私は野球をやっていて、その夏、甲子園を目指して近鉄沿線の藤井寺球場で大阪府予選を何試合も戦ったのだったが、そのあるゲームでSが何人もの女学生を連れてきてスタンドで応援してくれているのを見たことがあり、その女学生の中の二人だというのだった。

私たちは近鉄電車に乗ってあやめ池遊園へ行った。池のほとりで一対一の二組に別れた。当時まだ遊園地の復興は十分にはなされておらず、人影もまばらだった。池にボートもなかったと思う。あれば乗ろうと言い出したはずだから。理知的なはっきりした顔立ちの美しい子が私の相手だった。昼過ぎから夕方薄暗くなるまで池のほとりに並んで座っていた。まだ私服など普及していなかった時代のこと、休日ではあったが二人は制服のままだった。そのとき見た夕陽丘の制服のセーラー服を今も覚えている。

徳岡君にその話をしたら、ああ、あのカラスみたいな制服なあ、と言う。カラスみたい、とは何ということを言うのだ、と思ったが、白いラインなどが入っていないその制服を、彼も覚えているのかとチョット笑った。

夕陽丘高女はその後夕陽丘高校となり、場所も移転した。整備された今の口縄坂には夕陽丘高女跡地の石碑があるのみで、私は男女共学の今の夕陽丘高校には何の感懐もない。

「夕日に赤い帆」を連想した、と書いた。たぶんそれは、夕陽の子との初デートの後の昭和二十年代を想起したのであったろう。映画やら音楽やらアメリカ文化が怒涛のように押し寄せてきて日本中を席巻した。時系列は記憶していないが、「テネシーワルツ」、「センチメンタルジャーニー」、「セントルイスブルース」、「ホワイトクリスマス」、などなど。「夕日に赤い帆」もそんな曲の一つで、レジャーヨットなどまだ見られない日本で、南カリフォルニアかフロリダか、夕日に映える赤い帆なんて鮮烈な豊かさの象徴だった。映画では「風と共に去りぬ」に行列をつくった。雑誌では「リーダーズダイジェスト」を並んで買った。

そんな風にアメリカ文化を享受しながら、その一方で、高木惣吉『太平洋海戦史』もくりかえして読んでいて、ミッドウェー海戦、あれに勝っていたら。勝機はあったのだ。などと悔しく地団駄踏む思いもしていた。朝鮮戦争がはじまり、巻き込まれるのではないかと心配した。軍備を取り上げたはずのアメリカに押しつけられて警察予備隊をつくらせられた。誰もがまだ戦争の傷跡をかかえて生きていて、もう戦争はイヤだった。再軍備反対、ヤンキー、ゴーホームと叫んでデモもした。しかしアメリカに負けてもらっては困る、そうも思っていた。「そんな時代もあったたね」と、一瞬のうちに振り返った「Red sails in the sunset」だった。

どこの家にも必ず神棚と仏壇があった時代の日本に生まれ育ち、齢九十に近くなり、故郷大阪から遠く離れた関東の地方都市、東名高速の高架が見えるところにいる今の私にとって、イメージする夕陽丘はもちろんビルなども建っているだろう今現在の夕陽丘町ではない。もはやなくなってしまった女学校でもない。それは、織田作之助も書いている鎌倉時代初期の歌人で『新古今和歌集』選者の一人であった藤原家隆もそうしたように、西に見える大阪湾の海、その西の水平線、はるか西方浄土のかなたに沈む夕陽を拝んだ丘、古来人々がそうしてきた丘こそが、私が今イメージしている夕陽丘である。

昭和、平成に別れを告げる本書の題名として、ゆうひがおか、にしようと決めたとき、私たちはいま使われている夕陽丘という表記ではなく夕陽ヶ丘にしようと決めた。夕陽丘では一部の人を除いてフリガナを振らねばユウヒガオカとは読めないし、夕陽ヶ丘と表記しても誤りではないと思ったからである。なぜなら最寄りの地下鉄の駅名は、長い名で有名なのだが、四天王寺前夕陽ヶ丘駅、である。こんなに長い駅名なのにケは抜いていない。夕陽ヶ丘と表記しても間違いではない証拠である。

なお、徳岡君がこの「夕陽ヶ丘」を題名にしようと思ったとき、何が閃き、何を思ったかは、たぶん彼が、あとがき、に書くだろう。

書きおろし

あとがきに代えて
——三島由紀夫、絶筆の景色

徳岡孝夫

現在眼が不自由なので、胸に浮かんだ三つ、四つのことを、土井君に電話にて聞き書きしてもらい、あとがきに代えます。

四十年も前のはなしである。東京・浜松町のホテルで出版記念会があるというので、私は少し遅れたが出かけた。会はすでに始まっていて、主賓が挨拶をし、座も少し和んでいたようだった。大会議室みたいな部屋にテーブルがU字型に置かれ、和やかな感じだった。私は一つだけ空いている席をすすめられて座った。

ふと隣を見ると、私も顔立ちだけは知っている有馬稲子さんだった。綺麗に和服の盛装で四十年前のことで美しかった。何か会話をしなければならないと、私は困って、一つだけあるタカラヅカの思い出を語った。

「何十年前でしたか、大劇場のショウの最後にラインダンスがありますね。あれは音楽学校の上級生が踊るんですか。ところが、そのうちのひとりがキックアップした瞬間に靴が脱げて飛んだんです。赤い靴はフィナーレの空間の中をくるくると回転し、『進駐軍様御席』と漢字で書いた席の近くに落ちました。劇場の観客が一斉にあっと声を上げたのをおぼえています」

「赤い靴はくるくると回りながら客席に落ちました。私はただぼんやりと眺めるだけでした。あれはどうなったでしょう。ああいう場合踊り子は自分の靴を取りに行くんですかね」

有馬さんは静かに私の右腕を押した。

「それ、私の靴かもしれないわ」

「あんた、そんなぶかぶかの靴を履いて踊ってはったんかいな」

思わず大阪弁というより阪神間弁になっていた。

「あたりまえですよ、終戦直後ですからね」

当時の私は旧制三高の生徒で二人のアメリカ人神父さんを案内して大阪見物に行き、自分もいっしょに宝塚歌劇を見たのだった。

「それ、越路吹雪さんのサヨナラ公演でしたよ」

と有馬さんは言った。突然客の前で靴が脱げたときなど、女優は何十年経っても覚えているものらしい。会話の材料に困っていた私は、おかげで有馬さんと少しばかり終戦直後のこと、宝塚のことなどを話した。

有馬さんは私の乏しい知識では、大阪の夕陽ヶ丘高女を出て宝塚音楽学校に入った人で、当時から美貌で知られていた。いろいろ主役を演じたはずだが、宝塚といえば動物園しか覚えていない私は、それに関する知識はない。

大阪城の大手前を北端にして、南へ上町台地に清水谷、夕陽ヶ丘と三賢女の学校があった。(今は三校とも男女共学の高校になっているが) その一帯を大阪弁の会話も入れ情熱をこめて描写しているのは織田作之助で、私も有馬さんが靴を蹴飛ばしたと言った瞬間からすでに自動的に敬語付き標準語を忘れて語っていた。

私は大阪淀屋橋の小学校を出て北野中学(今の北野高校)へ進み、そこから戦後間もなくの入試で京都の三高に進み京大で学業を終えた。毎日新聞の大阪社会部でサツ回りをしながら、私はフルブライト留学生試験に備え猛勉強した。当時大阪駅の向かいに旭屋という大きな本屋ができていて、広いその売り場を通り抜けて裏へ出たところに洋書売り場があった。新本の母屋の店と違ってそこには進駐軍兵士の読み古しと思われるアメリカのペーパーバックが山と積まれて売られていた。それを片っ端から買って読んで学んだ。そして受かった。大阪からたった三人の全額給費生だった。その留学は私の後の新聞記者生活にたいへん役に立った。東京オリンピックの取材班に加わり、オリンピアから東京までのユーラシア大陸の聖火地点をダイハツ車で四か月にわたって走破したし、ベトナム戦争では米軍の最前線に従軍したりできたのも英米語ができたからであり、それは留学の賜物であり、元をただせば旭屋書店のペーパーバック売り場あってこそのものだった。

秀吉の大坂改造計画は壮大なもので、現在の大阪の船場、島之内など運河や橋の原案はすべて秀吉に発し、それを大坂城が総括している形になっていた。

堀と橋があって、それに囲まれたところが商業地になっているから、現在も船場その他へ通勤する人は、必ず「橋」、淀屋橋、心斎橋、四ツ橋などを渡らねばならないのは大阪人の常識である。道頓堀、淀屋橋、堂島などという名も橋と運河に由来している。

市街地から西の大阪湾の昔は満々たる水をたたえた湾で、日本最古の寺である四天王寺はその西門（さいもん）は極楽浄土の東門に接していると信じられていた。そこで毎月の弘法大師の命日に、施餓鬼をする人がいて人が多く集まった。その時の様子は能楽の大成者である世阿弥が、「弱法師（よろぼし）」に描写し、私の記憶では、同作品には世阿弥の真筆が現存する。

俊徳丸（弱法師）は南大阪の物持ちの子で、だが不治の業病を病み、家を出て施しを受ける者の群れの中にいた。両手を出して施しを受けるとき、一飯の食事を渡す人が自分の父であることを覚ったが、あえて名乗らない。父もまた、ものを受け取る相手が我が息子であることに気付くがあえて父子を名乗らない。俊徳丸は西の大阪湾に沈んでいく太陽を手を合わせて拝む。

これが「弱法師」の大筋であり、その天王寺のすぐ西に位置するのが「夕陽ヶ丘」と名付けられた丘である。

実は私自身が弱法師と同じ盲目なのである。八十歳をこえて目のリンパ腺を病み、ものの輪郭がぼんやり見える以外は両眼とも盲目になった。この本の一部は、土井君に頼んで口述筆記してもらった「聞書き」である。

大阪は東の勢力に敗れて首都になり損ねたが、沈む太陽に面しているという地形は残った。

太閤は天下統一後まもなく没したが、貧しいものに与えること、持つ者から喜捨を受けることは大阪という町の静かな伝統になって、今日に至った。

戦後大阪の地下鉄の駅の改札口の前には、勝手に切符を売るオバサンたちがいた。戦争未亡人のオバサンたちで、彼女らは十枚分の代金で十一枚ついている回数券を買い、それを一枚一枚売って生活の足しにした。一冊売れば一枚分のもうけになるのだ。大阪の乗客の多くは何のためらいもなく彼女たちから切符を買って地下鉄に乗った。駅の切符売り場の窓口は閑散としていた。しかし、警察も道路交通法違反などということもなく黙認し、地下鉄を運営する市の交通局も売り上げが減るのに黙認していた。戦争未亡人たちへの静かな応援だった。大阪という街は、そんな人情にあふれた街だった。阪神タイガースの「六甲おろし」とともに叫ばれる「やっちまえ」スピリット、東京巨人なにするものぞ、は大阪に残り、大阪弁はもっとも標準語になりにくい方言であり続けている。

ところで、あの戦争の末期、

国の大義に殉ずるは　我ら学徒の本分と

ああ　くれないの血は燃ゆる

これは、学徒（高校、大学の生徒）の間で流行していた歌である。流行歌と違って真実の響きをもって迫った。現に私は風呂に入っているとき、自分の二の腕を見て、この腕がもうすぐ死ぬのか、太平洋のどの島だろう。死体のどのあたりから草が生えてくるのか、とまじめに自分の腕を眺めたのをおぼえている。

日本の武運は十五歳の中学生にそれを考えさせるほど切迫していた。鐵道省の安治川口用品庫という動員先を一時休んで、和歌山へ泊りがけで行ったことがある。紀淡海峡に臨む崖のあちこちに穴を掘り、本土決戦に備えて上陸してくる米軍を迎え撃つ迫撃砲陣地を構築するためだった。われわれ中学生は男たちがみんな出征して女ばかりになっている農家に分宿して毎朝通ったが、ひそかに、「こんなん掘ってもアメリカ軍にひとたまりもないでぇ」「上陸する前に艦砲射撃でやられるわ」とはや勝算はなかった。村はもはや女ばかりで私たちの乏しいお菜をつくってくれるのが精一杯だった。

後に知ったことだが、ちょうどその頃、関東では相模湾に敵の上陸を想定して沿岸陣地の構築がなされていて、当時東大生だった三島由紀夫も動員されてその工事に従事していたらしい。

その三島由紀夫だが、一九六七年、バンコクにいた私は、東京本社から電報がきて「作家の三島由紀夫氏バンコクに滞在中である。まもなくノーベル文学賞が発表される。受賞が決まれば連絡するから取材の準備をせよ」という電文だった。

バンコクならエラワン・ホテルに決まっている。すぐに出かけた。フロントは「ホテルのなかにおいでですが、鍵がないところをみると、プールかどこかでしょう」と言う。

私はステーキハウスへ行った。はたして三島氏はアメリカ人の一見ツーリストとわかる人と熱心に会話していた。日本の再軍備は必要だ。としきりに語っている。こんな旅行者にそんな話は無駄なことだ。三島さんとは旧知だった私はアメリカ人の背後にまわって盛んにジェスチャーして、やめろと伝えた。

やっと気がついて会話を切り上げ、三島さんは私を見た。「あなたがバンコク特派員になっていたとは。おめでとう」と言った。当時、新聞記者として名前が紙面に載るのは海外特派員になったときだけだった。

ノーベル賞受賞の予定談話をしてくれと頼むと、「それだけは。去年やって気まずい思いをしたんです。受賞すれば語りますから勘弁してください」との返事だった。

その日から私は支局の若い女性秘書プイ・カモンラートさんに命じて、毎朝東京から届く朝刊をホテルの三島さんの部屋へ届けさせた。当時の私はまだタクシーに乗る「タイ語」を知らず、(バンコクではタクシーに乗るには交渉しなければならなかった)、ホテルに行く手段がなかったからである。三島さんは毎朝タイ女性に起こされるという、珍しい経験をした。ほっそりと痩せた小柄なプイさんがノックして、「ミシマサーン、オキテマスカー」と言って部屋に来るのを喜んで、後に彼女は絶筆「豊饒の海」のチン・ジャン姫の淡いモデルになった。東京から一日遅れで届く新聞にはストックホルムで起こっているノーベル賞詮衡の記事が小さく出ていた。三島氏にとってはそれが大事だった。

(そのバンコク滞在時、私は無聊をかこつ三島さんに、持っていた平安時代の詞華集「和漢朗詠集」を貸した。それにまつわる当時のことは、拙著『五衰の人—三島由紀夫私記』に詳細にわたって書いているのでそちらに譲ることをお許し願いたい。）

それから三年後、私たちは東京で再会し、ときどき六本木の女っ気のないバーで飲む程度の仲になった。弟の千之（ラオス・ビエンチャンで私の旧知の仲だった）氏も同席した。同年十一月、大阪系の料理屋の二階で会ったのが飲んだ最後だった。

そのとき私は普通の編集者なら絶対に犯さない失敗をした。約束に四十分も遅れた。着くと、三島さんは二階の座敷の畳に寝そべって投げやりな恰好をしていた。

「徳岡さん、林さん（林房雄）が左翼から金をもらって寝返った。もうだめだ」と投げやりなセリフだった。私は、「一人で食っていくならそれくらい当たり前ですよ」と答えたが、三島さんはひどく傷ついたようだった。食事の後、「もう一軒行きましょう」と六本木のバーへ連れて行った。三島さんと弟さんはカティサークのハイボールを飲み、私はジントニックを注文した。

飲み始めてまもなく、一人の紳士が来て、三島さんに名刺を出し、「こういう者でございます。三島先生が三人ご兄弟とは知りませんでした」と言った。三島さんは笑って、「いや、これはサンデー毎日の徳岡さんですよ」と説明し、紳士は「失礼しました」と去った。後日、私はこの紳士は三島さんが仕組んだ人ではないかと思ったが、おそらく思いすぎだろう。

そのあと二度ほど会った。ともに昼間だった。そして二十四日になった。「サンデー毎日」の編集部に「明日あるところに来ていただけますか。大したことのない私ごとですがね」と電話がかかった。「いいですよ」と私は承諾した。翌日の午前十時に「サンデー毎日」の編集部に電話するからその時、「来てもらう場所」を指定するとのことだった。翌日の、つまり今から五十年前の一九七〇年十一月二十五日のことは今でも日本人の多くは謎として知っている。

なぜ三島由紀夫ほど浮世で成功している小説家が死なねばならなかったのか、その答えは私にも問われた。私は二つほど返答を持っているが、いずれ死ぬ前に書いておこうと思っている。

十一月二十五日は抜けるような青空だった。私は市ヶ谷の自衛隊東部方面総監部に行き、三島さんが市ヶ谷会館フロントに置いた手紙を読んで彼の死に至る一部始終につきあった。機動隊員らが廊下を埋めていたし、突破しようと思えば身体検査をされ三島さんの手紙を見つけられてしまうので、私は黙って部屋の外で「切腹した」「切腹した。死んだ」ささやく声が満ちるまで聞いて、帰社した。

末筆ながら、本書を出版いただいた鳥影社社長百瀬精一氏およびスタッフの皆様に深くお礼を申しあげます。

書きおろし

初出雑誌名（年月）

はじめに …………… 書きおろし

崩御の日「ある夏」の記憶 ………… 「文藝春秋臨時増刊」（二〇〇五年八月）

「海行かば」を唄う ………… 「文学街」（二〇一七年六月）

同級生の日記 …………… 書きおろし

染め変えられる過去 …………… 「週刊新潮」（二〇〇五年八月）

昭和二十二年、大阪駅前 …………… 「文藝春秋」（二〇一〇年一月）

昭和二十五年、神戸三宮駅前 「季刊文科」（二〇一九年七月）

曽根崎署の幻 …………… 「文藝春秋」（二〇〇五年八月）

守り袋と動物ビスケ ………… 「季刊文科」（二〇一六年四月）

朝子さんのしゃぶしゃぶ …………… 「四季の味」（一九九六年冬号）

紫陽花 ……… 「煉瓦」（二〇〇三年七月）

ある「引き継ぎ儀礼」の記憶 ………… 「文藝春秋臨時増刊」（二〇〇二年四月）

優勝戦、奇跡の逆転劇 ………… 「新潮45」（二〇一四年四月）

ライパチ ……… 「文学街」（二〇〇八年一月）

初出雑誌名（年月）

御先祖様になる話 ………「EN-TAXI」（二〇〇四年六月）
小商人 ………「文学街」（二〇一八年一月）
過去へ向かう旅 ………「ＰＨＰほんとうの時代」（二〇〇八年二月）
菩提寺と白雪姫 ………「寺門興隆」（二〇〇五年三月）
零地点 ………「抒情文芸」（二〇一一年七月）
三島由紀夫と徳岡孝夫と大阪弁 ………「文学街」（二〇二〇年五月）
山崎豊子を送る ………「週刊文春」（二〇一三年一〇月）
温顔忘じ難く（九鬼高治、伊藤桂一、森繁久彌諸氏）「季刊文科」（二〇一七年五月）
森繁さんからの遺言 ………「お礼まいり」（二〇一〇年七月）
T君への手紙 ………「文学街」（二〇一九年四月）
故郷に置いてやりたや ………「文藝春秋臨時増刊」（二〇〇一年九月）
題名「夕陽ヶ丘」について ………書きおろし
あとがきに代えて（三島由紀夫、絶筆の景色） ………書きおろし

著者プロフィール

徳岡孝夫（とくおか たかお）

昭和5年1月　大阪市生まれ
毎日新聞社で社会部、サンデー毎日、英文毎日の記者、
編集次長、編集委員などを歴任。
ニューヨーク・タイムズのコラムニストも務めた。
第34回「菊池寛賞」受賞。
著作　「五衰の人ー三島由紀夫私記」（新潮学芸賞受賞）、
「横浜・山手の出来事」　（日本推理作家協会賞受賞）、
「悼友紀行」ほか多数。
訳書　「アイアコッカー我が闘魂の経営」ほか。

土井荘平（どい そうへい）

昭和4年12月　大阪市生まれ
商社勤務、自営業を経て、リタイア後、小説、エッセイなど
著述を始める。
「文学街」同人。元「煉瓦」同人。
著作　「青い春、そして今晩秋」（鶴シニア文学大賞受賞）、
「あほちゃうかー関西慕情」、「関西弁アレコレばなし」ほか。
共著　「季刊文科セレクション」、「季刊文科セレクション2」、
「文学街精選作品集」ほか。

注
著者両人は、大阪府立（旧制）北野中学の同級生（昭和22年卒業）。

夕陽ヶ丘
—昭和の残光—

定価（本体1800円+税）

2020年 8月　7日初版第1刷印刷
2020年 8月 13日初版第1刷発行
著　者　徳岡孝夫　土井荘平
発行者　百瀬精一
発行所　鳥影社 (www.choeisha.com)
〒160-0023 東京都新宿区西新宿3-5-12トーカン新宿7F
電話 03(5948)6470, FAX 03(5948)6471
〒392-0012 長野県諏訪市四賀229-1(本社・編集室)
電話 0266(53)2903, FAX 0266(58)6771
印刷・製本　モリモト印刷

ISBN978-4-86265-824-1 C0095